EL PEREGRINO

T0053583

CLÁSICOS CLIE

EL PEREGRINO

EL VIAJE DE CRISTIANO A LA CIUDAD CELESTIAL
BAJO EL SÍMIL DE UN SUEÑO

JOHN BUNYAN

editorial clie

EDITORIAL CLIE
Ferrocarril, 8
08232 VILADECAVALLS (Barcelona) ESPAÑA
E-mail: libros@clie.es
Internet: http://www.clie.es

EL PEREGRINO
El viaje de Cristiano a la Ciudad Celestial
bajo el símil de un sueño

CLÁSICOS CLIE

Copyrigth © 2008 por Editorial CLIE
para la presente versión española

Revisión y actualización del texto por Ana Romero García
Traducción de las poesías por Carlos Araujo

ISBN: 978-84-8267-536-7

Clasifíquese:
2250 VIDA CRISTIANA:
Alegorías sobre la vida cristiana
CTC: 05-33-2250-05
Referencia: 224694

Índice

PRÓLOGO EDITORIAL

En su excelente y conocida obra de divulgación *La cultura: todo lo que hay que saber*,[1] el profesor Dietrich Schwanitz incluye la obra de John Bunyan *The Pilgrim's Progress,(1678)* (El Peregrino), en su relación de "libros que han cambiado el mundo".

¿Qué hace a un prestigioso intelectual alemán del siglo XXI dar tanta importancia a un librito alegórico insignificante, escrito en el siglo XVII por el hijo de un calderero de Elstow, mientras estaba en la cárcel por desobediencia civil?

La respuesta, en parte, la encontramos en palabras de su propio autor, que al prologar la segunda parte, escrita siete años después, *Christiana's Journey, (1685)* (La Peregrina), se refiere poéticamente al éxito alcanzado por su primer libro estos términos:

> *Tierra y mares cruzó mi Peregrino,*
> *y no supe que fuese rechazado*
> *en reino alguno, fuera pobre o rico,*
> *ni en desprecio las puertas le cerraron.*
>
> *En Francia y Flandes, donde están en guerra,*
> *entró como un amigo y un hermano.*
>
> *En Holanda también, según me dicen,*
> *por muchos, más que el oro es apreciado.*
>
> *Serranos e Irlandeses convinieron*
> *en recibirlo con cordial aplauso.*
>
> *En América está tan acogido*
> *y le miran allí con tal agrado,*
> *que lo empastan, lo pintan y embellecen,*
> *por aumentar su conocido encanto.*
> *En fin, que por doquiera se presente,*
> *miles hablan y cantan alabándolo.*

---

[1] *Bildung. Alles was man wissen muss,* Eichborn AG, Francfort, 2002; publicada en español por Taurus/Santillana.

Si es en su patria, no sufrió mi Libro
vergüenza ni temor en ningún lado.
¡Bienvenido!, le dicen, y lo leen
en la ciudad lo mismo que en el campo.
No pueden reprimir una sonrisa
los que lo ven vender o ser llevado.
Los jóvenes lo abrazan y lo estiman
más que otras obras de mayor tamaño,
y dicen de él con júbilo: Más vale
la pata de mi alondra que un milano.

Así fue y así es. Desde el primer momento en que salió de la imprenta, *The Pilgrim's Progress* se convirtió en un best-seller, hasta el punto que, a la muerte de Bunyan (1688), ya se habían publicado once ediciones y se habían vendido más de cien mil ejemplares, cifra sorprendente en aquella época.

La primera edición vio la luz en 1678, y un año después, 1679, una segunda, corregida y ampliada. A partir de aquí, se publicaron, en vida del propio Bunyan, nueve ediciones más: 1680, 1681, 1682, 1683, 1684, 1685 y 1688. La primera edición norteamericana, en la todavía denominada América Colonial, apareció tan sólo tres años después de la primera edición inglesa, en 1681. Tuvo, pues, una difusión masiva entre los puritanos y comunidades protestantes "noconformistas" a ambos lados del Atlántico, cuyos fieles lo leían a diario junto con la Biblia y otro best-seller de la época, *Foxe's Book of Martyrs*,[2] una obra sobre la historia de los mártires, especialmente de la Reforma y puritanos, y que, como *The Pilgrim's Progress*, iba encaminado a fortalecer la fe de los creyentes en una época de privaciones y dificultades.

Esto hizo que *The Pilgrim's Progress* se convirtiera en uno de los libros más difundidos de la historia y más traducido a otros idiomas después de la Biblia, incluso a lenguas desconocidas en los días de Bunyan. Tres siglos después, el viaje de *Cristiano* a la Ciudad Celestial es conocido por asiáticos en el Oriente y africanos en el Occidente; por esquimales del Polo Norte y aborígenes del Pacífico Sur. Ha estado presente y disponible en las librerías, continuadamente y sin interrupciones desde su primera edición. Y existen hoy en el mercado todo tipo de ediciones: ilustradas, comentadas, infantiles o de bibliófilo, en más de doscientos idiomas.

---

[2] En español *El libro de los mártires,* publicado también por la Editorial CLIE.

Encuadrada en el género de la literatura alegórica y exponente tardío de lo que se conoce como *devotio moderna*, surgida con Thomas de Kempis y su *Imitación de Cristo*, la obra de Bunyan ha sido reconocida y elogiada por los eruditos de todos los tiempos como una obra maestra de la lengua inglesa, y resulta difícil que una persona educada en el mundo anglosajón no lo haya leído o la conozca al menos como referencia. Se han publicado numerosos comentarios al texto y es citado habitualmente por los grandes autores de la literatura inglesa y norteamericana, desde Samuel Johnson, que afirma en una de sus obras que: *«El mérito más grande de este libro (El Peregrino) es que el hombre más cultivado no puede encontrar otra lectura más elevada para encomiar, y a la vez, un niño no encontraría nada más divertido»;* pasando por Nathaniel Hawthorne en *Celestial Railroad;* E. E. Cummings en *The Enormous Room;* John Bucham en *Mister Standfast* e incluso Alan Moore, que incluye el personaje principal de El Peregrino, *Cristiano*, como miembro del grupo en la primera versión de su novela *The League of Extraordinary Men.*

Su impacto en el mundo del arte ha sido también enorme. Sirvió como fuente de inspiración para algunos de los artistas e ilustradores de más renombre en el mundo anglosajón de los siglos XVIII y XIX como John Flaxman, William Blake, Joseph Kyle, Henry Courtney Selous, Edward Goodall, Frederic Edwin Church, Jasper Frances Cropsey, Daniel Hunttington, Norman Rockwell, y muchos más; las pinturas y grabados que reproducen diferentes escenas del camino de *Cristiano*, son incontables.

Hollywood ha situado también a *Cristiano* en la gran pantalla en numerosas ocasiones, con estrellas de la talla de Leam Neeson *(La lista de Schindler, El Reino de los Cielos)*, Jenny Cunningham o Tina Heath, y existen numerosas versiones en DVD.

El famoso compositor Ralph Vaughan Williams escribió en 1951 una ópera basada en el libro y titulada *The Pilgrim's Progress,* estrenada en Londres el 26 de mayo de 1951, y Bob Dylan tiene un álbum titulado *The Pilgrim's Progress.*

Estamos convencidos, sin embargo, que no fue únicamente esta difusión masiva y su impacto cultural lo que impulsó a Dietrich Schwanitz a incluirlo en su relación de "libros que han cambiado el mundo". Su apreciación es bastante más profunda y va mucho más allá. Schwanitz considera que *The Pilgrim's Progress* es un texto clave para entender la esencia teológica y sociológica del movimiento puritano, y con ello, las bases de la cultura anglosajona. Sin ello, afirma Schwanitz *«el capitalismo sería otra cosa, Inglaterra no hubiera sido la avanzadilla de la modernización, y Estados Unidos hubiera evolucionado de otro modo».*

Criterio que comparte ampliamente otro peso pesado de la sociología moderna, el profesor de Harvard Samuel P. Hunttington, quien en su obra *¿Quiénes somos: los desafíos de la identidad nacional estadounidense?* no duda en mencionarlo como un elemento determinante en la fundación de los Estados Unidos de América.

Los personajes centrales de Bunyan, *Cristiano* y *Cristiana,* son el más claro exponente de una nueva forma de entender la teología, y con ello, de una nueva forma de entender el mundo; establecen las bases de un nuevo modelo de sociedad.

Cristiano y *Cristiana,* abandonan todo lo que poseen en su Ciudad de Destrucción y emprenden su viaje hacia la Ciudad Celestial, enfrentando en el camino toda clase de peligros, hasta lograr su propósito. Con ello, cumplen dos funciones: se convierten, por un lado, en símbolo alegórico de todos aquellos peregrinos puritanos que, abandonando todo lo que poseían en su Inglaterra natal, emprendieron viaje en el *Mayflower* al Nuevo Mundo para establecer allí un nuevo modelo de sociedad más libre y pluralista; pero, además, definen también el nuevo modelo de relación entre el hombre y Dios surgido de la Reforma y adoptado por el protestantismo noconformista. Un nuevo modelo soteriológico, en el que la salvación rompe su vínculo y dependencia de la Entidad eclesial como ente administrador y canal transmisor de la gracia divina, y se transforma en una relación directa y personal del hombre con Dios, entre el pecador redimido y su Redentor amante; libre de intermediarios y dependiente, única y exclusivamente, de la decisión personal de cada individuo a través de la gracia y por medio de la fe. Un modelo que, años más tarde, cristalizaría en la esencia teológica del actual movimiento evangélico.

Ese modelo soteriológico del pensamiento puritano, independiente e individualista, magistralmente descrito por Bunyan a través de sus peregrinos *Cristiano* y *Cristiana*, ha influido decisivamente en la forja del pensamiento y la cultura anglosajona, especialmente la norteamericana; donde cada cual depende de sí mismo y de su propio esfuerzo; donde cada ciudadano se siente peregrino y vive la angustia de progresar, consciente de que puede alcanzar todo aquello que se proponga, si está dispuesto a luchar por ello con todas sus fuerzas hasta alcanzar la meta.

Bunyan, con sus personajes, no hizo más que describir simbólicamente las diferencias, bien marcadas, que a partir de la Reforma protestante del siglo XVI han delimitado a las dos culturas que han configurado la sociedad occidental de los últimos quinientos años: la católica romana, circunscrita mayoritariamente a los países de la ribera mediterránea y Latinoamérica; y la germánica-anglo-sajona, del Norte de Europa y los Estados Unidos. Dos modelos de sociedad muy diferentes en sus concepciones, por no decir divergentes o incluso enfrentados entre sí.

Tenemos, por un lado, el modelo de sociedad conformista fomentado por la Iglesia Católica Romana, aliada -hasta bien entrado el siglo XX- de sistemas políticos absolutistas y propensa a mantener las diferencias de clases. Un modelo que, si bien por un lado aplastaba las legítimas aspiraciones del pueblo para autogobernarse, le compensaba, por otro lado, librándole de la angustia de tener que pensar por sí mismo. Un modelo social en el que la riqueza y el éxito se han vinculado históricamente a la herencia o a la suerte; donde el trabajo ha sido visto, tradicionalmente, como un estigma, un castigo de Dios al que se ven sometidas las clases inferiores; por lo que, el objetivo ha sido siempre tratar de evitarlo -o cuanto menos, limitarlo al mínimo exigible y necesario- lo que ha mermado sensiblemente la capacidad productiva, la competitividad y el crecimiento económico de las sociedades donde se ha impuesto.

En el otro lado, tenemos el modelo del protestantismo no-conformista: individualista, independiente, favorable a la igualdad y a la democracia, donde la riqueza y el éxito no se vinculan a la herencia o a la suerte, sino a la iniciativa privada y a la laboriosidad individual. Donde el trabajo no se ve como un castigo divino, sino todo lo contrario, como un privilegio, un don de Dios. Donde, en igualdad de oportunidades, la suerte de cada uno surge de su propio esfuerzo y productividad. Donde cada ciudadano, consciente de que su éxito o fracaso depende únicamente de sus propias decisiones, emprende su camino en solitario, como hicieran el *Peregrino* y la *Peregrina* de Bunyan, y acepta voluntariamente la angustia de progresar hasta alcanzar las metas y objetivos que se ha propuesto.

Dos modelos bien distintos de sociedad, cuyas consecuencias han sido, hasta hace muy poco, un desarrollo más rápido y un crecimiento económico más elevado en los países germánicos y anglosajones, de cultura protestante, que en los países latinos, de tradición católica. Teoría que ya desarrolló y expuso ampliamente Max Weber en su conocida obra *La ética protestante y el espíritu del capitalismo*.

En este sentido, cabe decir que *El Peregrino* de John Bunyan, va más allá de ser una obra maestra de la literatura alegórica y un pilar de teología evangélica; puede calificarse, además, como pionero y precursor de los muchos libros de estímulo y motivación personal, tan apreciados y tan de moda en nuestros días.

Por todo ello, es una satisfacción para la Editorial CLIE, ofrecer a los lectores esta nueva versión actualizada de *El Peregrino* y *La Peregrina,* en las que, preservando la integridad del texto original, manteniendo la calidad y valor literario de la versión española y respetando la magistral traducción poética de Carlos Araujo, tratamos de acercar la obra inmortal de John Bunyan a los lectores del siglo XXI.

ELISEO VILA VILA   ANA ROMERO GARCÍA
Presidente de la Editorial CLIE   Revisora y actualizadora del texto.

VIDA DE JOHN BUNYAN

JOHN BUNYAN, hijo de un calderero, nació en Elstow, cerca de Bedford, (Inglaterra) el año 1628, una época en la cual prevalecían las malas costumbres por todo el país. Su educación fue la que los pobres podían alcanzar a dar a sus hijos en aquellos días: asistió a la escuela primaria y aprendió a leer y escribir. Pero John era un muchacho rebelde, díscolo y desaplicado, y pocos de su edad le aventajaban a la hora de soltar palabrotas, mentir y blasfemar.

No obstante, sentía un profundo temor por las cosas del más allá, y parecía que el terror a lo que pudiera ser de él en la vida venidera era lo único capaz de refrenarle, pues durante el día le sobrevenían frecuentes y terroríficos presentimientos sobre la ira divina, y de noche le sobresaltaban sueños horribles. Su imaginación creaba apariciones fantasmagóricas de malos espíritus que venían para llevárselo, o le hacía creer que había llegado el día final, con todas sus terribles consecuencias.

Pero a medida que fue creciendo, su conciencia se fue endureciendo más y más, de modo que ya no bastaban sus temores para moderar su conducta. Ni tan siquiera los extraordinarios y providenciales acontecimientos que le ocurrieron en sus años jóvenes fueron suficientes para conmoverle y hacerle cambiar de actitud. Dos veces estuvo a punto de morir ahogado; durante la guerra civil, en la que fue obligado a servir en el ejército, un compañero suyo, que había pedido y obtenido permiso para sustituirle en una guardia, recibió un tiro en la cabeza y murió en el acto. Pero nada de esto consiguió que variara su conducta.

No fue hasta contraer matrimonio cuando la vida de hogar comenzó a ejercer cierta influencia favorable en su conducta. La joven que tomó por esposa era muy pobre, y lo más valioso que tenía eran dos libros que su padre, hombre muy piadoso, le había dejado en herencia: *Plain Man's Pathway to Heaven*, (El camino sencillo al Cielo) del puritano Arthur Dent y *Practice of Piety*, (La práctica de la piedad) de Lewis Bayly, libros que la señora Bunyan leía con frecuencia en compañía de su marido, aprovechando para explicarle acerca de la vida santa que su padre había llevado.

El resultado fue que Bunyan comenzó a experimentar un vivo deseo de reformarse, y así lo hizo; aunque solamente en lo exterior, pues su corazón no experimentó cambio alguno, y su vida continuó por los mismos derroteros de pecado que hasta entonces había seguido.

Pero cierto día, un sermón que escuchó acerca del pecado de no santificar el día de reposo, le causó una fuerte impresión. Y la tarde de aquel mismo día, mientras estaba entregado a diversiones mundanas, como era su costumbre, se agolparon de pronto en su mente pensamientos terribles acerca del juicio venidero; y de pronto, imaginó oír una voz del cielo que le decía: "¿Quieres dejar tus pecados e ir al cielo, o prefieres seguir en ellos e ir al infierno?" Entonces cruzó por su conciencia, como un rayo, la convicción de que era un gran pecador; pero pensó que era ya tarde para buscar el perdón y poder ir al cielo, de modo que, frustrado, se entregó de nuevo a las diversiones, aún con mayor ahínco.

Algún tiempo después, hizo amistad con un cristiano, cuya piadosa conversación tocó de tal forma su corazón, que se sintió motivado a comenzar a leer la Biblia. En la Sagrada Escritura encontró cosas que le alarmaron, y emprendió una reforma total de su vocabulario y de su conducta; pero confiado solamente en sus propias fuerzas e ignorando el amor y la gracia de Jesucristo.

Un día, mientras paseaba por las calles de Bedford, le llamó la atención una conversación que sostenían tres mujeres piadosas, sentadas a la puerta de una casa. Se acercó, y escuchó que hablaban de Dios, de su obra en los corazones de los seres humanos y de la paz y la reconciliación, cosas que él no había conocido ni experimentado todavía. Las palabras de aquellas mujeres impactaron de tal modo en su vida que a partir de entonces abandonó la compañía de viciosos y comenzó a relacionarse únicamente con personas que, cuanto menos, tuvieran reputación de piadosos.

A partir de este momento, cabe decir que Bunyan, en paralelo a *Cristiano*, a su futuro personaje, emprendió su peregrinaje saliendo de la ciudad de Destrucción; pero cayó en muchos peligros y errores, hasta el punto que cabe decir que ni uno solo de los muchos temores que pueden asaltar al espíritu ansioso de salvación, dejó de inquietarle de un modo u otro en alguna ocasión. Por lo que durante largo tiempo, como *Cristiano*, permaneció encerrado en una jaula de hierro, privado del gozo de las promesas divinas y esperando aterrado una segura condenación. Su lucha con el Maligno recuerda claramente el combate de *Cristiano* y *Apollyón*, y a punto estuvo de sucumbir; pero como le sucediera a Cristiano, una mano misteriosa le alargó algunas hojas del árbol de la vida, que aplicadas a las heridas que había recibido en el combate, le sanaron al instante. Finalmente, la fe le llevó a la cruz de Cristo y vino a ser más que vencedor por medio de Aquél que le amó.

Poco después de esto, Bunyan hizo pública profesión de su fe y comenzó a predicar a otros la realidad del Salvador que él había encontrado.

Pero este cambio de actitud y de conducta, y más que nada su afán de comunicar a otros su hallazgo, no tardó en causarle graves problemas. Pese a que entre los años 1655 y 1660 predicó libremente y de manera constante en la vecindad de Bedford, en el último año fue arrestado y encarcelado en la prisión de Bedford, en la cual pasó doce años, exceptuando un breve intervalo de pocas semanas. Por un tiempo se afirmó que fue durante este primer y largo período de encarcelamiento en Bedford que escribió *El Progreso del Peregrino*, pero investigaciones más recientes han demostrado que fue durante otro encarcelamiento posterior y más breve, en el año 1676, cuando escribió la primera parte de su obra inmortal, publicada en los primeros meses del año 1678. La segunda parte no apareció hasta el año 1685.

Bunyan, aunque no era un erudito, manejaba con maestría la Biblia en la versión *King James* y era lector de las obras de Martín Lutero, especialmente su *Comentario sobre la Epístola a los Gálatas,* que leyó en inglés en la traducción de 1575 y que causó un profundo impacto en su vida. Fue un prolífico autor de otras muchas obras, aparte de *El Peregrino*. Otra alegoría titulada *La Guerra Santa,* publicada en 1682 -traducida y publicada también por CLIE al español-, que iguala a *El Progreso del Peregrino* en mérito literario y espiritual. Resumió también, de una manera inimitable, la historia de su vida en un libro titulado *Gracia abundante para el mayor de los pecadores,* digno de figurar al lado de las famosas *Confesiones* de San Agustín, o de las *Conversaciones de sobremesa* de Lutero. Y además numerosos libros, artículos, folletos y trabajos cortos.

En la cárcel, Bunyan aprendió el arte de hacer encaje de flecos largos, con lo cual ayudaba al sustento de su familia. Tras obtener su libertad, vivió una vida muy útil dedicada a la obra de Cristo, como pastor de la Congregación independiente de Bedford, como predicador itinerante y escritor. En un viaje a Londres, y debido a haber permanecido mojado, contrajo un fuerte resfriado y murió como resultado de una fiebre en la casa de un amigo en Snow Hill el 31 de agosto de 1688. Su tumba se encuentra en el cementerio de Bunhill Fields en Londres.

PRÓLOGO POÉTICO DEL AUTOR[1]

No fue mi plan, cuando tomé la pluma
para empezar la obra que te ofrezco,
hacer un libro tal; no, me propuse
escribir una cosa de otro género,
la cual, estando casi concluida,
ésta empezaba, sin fijarme en ello.

Y era que al escribir sobre el camino
por donde van los santos de este tiempo,
empleé, con frecuencia, alegorías,
sobre la senda que conduce al cielo,
en más de veinte cosas que narraba,
y otras tantas después se me ocurrieron.
Brotaban de mi mente estas figuras
como chispas sinnúmero del fuego.
Y dije: si tan pronto aparecéis,
en orden os pondré con justo método,
no vayáis a llegar a lo infinito,
y a consumir el libro ya compuesto.
Lo hice así; mas no me proponía
mostrar al mundo mis escritos nuevos;
lo que pensaba yo, no lo sabía;
sólo sé que no tuve por objeto
buscar de mis vecinos los aplausos,
sino dejar mi gusto satisfecho.

En componer el libro mencionado
sólo empleé de vacación el tiempo,
por apartar mi mente, al escribirlo,
de importunos, ingratos pensamientos.

---

[1] Bunyan escribió en poesía el prólogo de su obra. El gran poeta protestante sevillano Carlos Araujo Carretero hizo, a finales del siglo XIX, una traducción métrica magistral del prólogo poético de Bunyan para la versión española del libro, que incluimos, junto con todas los demás textos poéticos de la obra por su interés histórico y alto valor literario.

Así con gran placer tomé la pluma,
y pronto consignaba en blanco y negro
las ideas venidas a mi mente,
sujetas todas al fijado método,
hasta tener la obrita, como veis,
su longitud, su anchura y su grueso.

Cuando estaba mi libro terminado,
a varios lo mostré, con el intento
de ver de qué manera lo juzgaban:
Unos, Viva; otros, Muera, me dijeron.
Unos me dicen: «Juan, imprime el libro».
Otros me dicen: «No». Según criterio
de varios, puede hacer un beneficio;
otros opinan con distinto acuerdo.

En esta variedad de pareceres,
yo me encontraba como en un estrecho,
y pensé: pues están tan divididos,
lo imprimiré, y asunto ya resuelto.

Porque -pensaba yo- si unos lo aprueban,
aunque otros avancen en canal opuesto,
con publicarlo se somete a prueba
y se verá quién tiene más acierto.

Y pensaba también: si a los que quieren
tener mi libro, a complacer me niego,
no haré más que impedirles lo que puede
ser un placer muy grande para ellos.
A los que no aprobaban su lectura
les dije: al publicarlo no les ofendo;
pues hay hermanos a los cuales gusta,
aplazad vuestros juicios para luego.

¿No lo quieres leer? Dejadlo: algunos
comen carne, mas otros roen el hueso,
y por si puedo contentar a todos,
a todos hablo en los siguientes términos:

¿No conviene escribir en tal estilo?
¿Por escribir en él, acaso dejo

de hacerte bien cual yo me proponía?
¿Por qué tal obra publicar no debo?
Negras nubes dan lluvia, no las blancas;
más si unas y otras a la vez llovieron,
la tierra con sus plantas las bendice,
sin lanzar a ninguna vituperio,
y recoge los frutos que dan ambas
sin distinguir de dónde procedieron;
ambas convienen, cuando está la tierra
estéril por falta de alimento,
más si está bien nutrida, las rechaza
porque ya no le sirve de provecho.

Mirad al pescador cómo trabaja
para coger los peces; qué aparejos
dispone con astucia; cómo emplea
redes, cuerdas, triángulos y anzuelos;
mas aun habiendo peces, no lograra
pescarlos con sus varios instrumentos,
si no los busca, los atrae, los junta
y les enseña el codiciado cebo.

¿Y quién dirá las tretas y posturas
que tiene que adoptar el pajarero,
si quiere coger caza? Necesita
red, escopeta, luz, trampa, cencerro,
según las aves que coger pretenda,
y son innumerables sus rodeos;
mas no le bastan; con silbido o toque
atraerá tal pájaro a su cepo;
pero si toca o silba, se le escapa,
tal otro, que se coge con silencio.

Suele hallarse una perla en una ostra
o quizá en la cabeza de un escuerzo;
pues si cosas que nada prometían,
cosa mejor que el oro contuvieron,
¿Quién desdeña un escrito, que pudiera
ayudarnos a buen descubrimiento?
Mi libro (aun desprovisto de pinturas
juzgadas por algunos como mérito)
no carece de cosas que superan
a otras muchas tenidas en aprecio.

«*Bien juzgado ese libro -dice alguno-*
yo desconfío de su buen suceso.»
¿Por qué? «Porque es oscuro.» *¿Qué más tiene?*
«*Es ficticio.*» *¿Qué importa? Yo sostengo*
que algunos, con ficciones y con frases
oscuras, cual las mías, consiguieron
hacer que la verdad resplandeciese
con hermosos y fúlgidos destellos.
«*Pero le falta solidez.*» *Explícate.*
«*Esas frases, al corto de talento*
le turban, y a nosotros las metáforas,
en vez de iluminar, nos dejan ciegos.»

Solidez necesita quien escribe
de las cosas divinas, es muy cierto;
¿Pero me falta solidez porque uso
metáforas? ¿Acaso no sabemos
que con tipos, metáforas y sombras
vino la Ley de Dios y su Evangelio?
En estas cosas el varón prudente
no encuentra repugnancia ni defectos;
los halla sólo el que asaltar pretende
la excelsa cima del saber supremo.
El prudente se inclina, reconoce
que Dios habló por diferentes medios;
con ovejas, con vacas, con palomas,
con efusión de sangre de corderos;
y es feliz al hallar la luz y gracia
que puso Dios en símbolos diversos.

No seáis presurosos en juzgarme
falto de solidez, rudo en exceso:
lo que parece sólido, no siempre
tiene la solidez que nos creemos;
no despreciamos cosas en parábolas;
a veces recibimos lo funesto,
y privamos al alma de las cosas
que le pueden hacer grande provecho.
Mi frase oscura la verdad contiene,
como el oro la caja del banquero.

Solían los profetas por metáforas
enseñar la verdad: sí, quien atento
a Cristo y sus apóstoles estudie,
verá que la verdad así vistieron.

¿Temeré yo decir que la Escritura,
Libro que a todos vence por su mérito,
está lleno doquier de analogías,
de figuras, parábolas y ejemplos?
Pues ese Libro irradia los fulgores
que nuestra noche en día convirtieron.

Vamos, que mi censor mire sus obras,
y hallará más oscuros pensamientos
que en este libro; sí, sepa que tiene
en sus mejores cosas más defectos.

Si apelamos ante hombres imparciales,
por uno a su favor, yo diez espero
que prefieran lo dicho en estas líneas
a sus mentiras en brillante arreo.
Ven, Verdad, aun cubierta de mantillas,
tú informas el juicio, das consejo,
agradas a la mente y haces dócil
la voluntad a tu divino imperio;
tú la memoria llenas con las cosas
que la imaginación ve con recreo,
y a la vez dan al ánimo turbado,
preciosa paz y bienhechor consuelo.

Sanas frases, no fábulas de viejas,
manda San Pablo usar a Timoteo;
más en ninguna parte le prohíbe
el uso de parábolas y ejemplos,
que encierran oro, perlas y diamantes,
dignos de ser buscados con empeño.

Una palabra más. Hombre piadoso:
¿Te ofendes? ¿Era acaso tu deseo
que yo diese otro traje a mis ideas,
o que fuese más claro, más expreso?
Déjame proponer estas tres cosas,
y al fallo de mis jueces me someto.

I

¡Hallo que puedo usar, nadie lo niega,
mi sistema, si abuso no cometo
con palabras, con cosas, con lectores;
si en el uso de símiles soy diestro
y en aplicarlos, procurando sólo,
de la verdad el rápido progreso.
¿Negar he dicho? No; tengo licencia,
(y también de hombres santos el ejemplo,
que agradaron a Dios en dichos y obras
más que cualquiera del presente tiempo)
para expresar las cosas excelentes
en sumo grado que pensadas tengo.

II

Hallo que hombres de talla cual los árboles
en diálogos escriben, y por eso,
nadie los menosprecia; quien merece
maldición es quien usa su talento
en abusar de la verdad, que debe
llegar a ti y a mí, según los medios
que Dios quiera emplear; porque, ¿quién sabe
mejor que Dios, el que enseñó primero
el uso del arado, cómo debe
dirigir nuestra pluma, y pensamiento?
Él es quien hace que las cosas bajas
suban a lo divino en raudo vuelo.

III

Hallo que la Escritura en muchas partes
presenta semejanza con mi método,
pues nombrando una cosa, indica otra;
se me permite, pues, sin detrimento
de la verdad, que con sus rayos de oro
lucirá como el sol en día espléndido.

Y ahora, antes de soltar la pluma,
de este mi libro mostraré el provecho,
y él y tú quedan en la mano que alza
a los humildes y hunde a los soberbios.

Este libro, a tu vista pone, al hombre
que va buscando incorruptible premio:
Muestra de dónde viene, a dónde marcha,
lo que deja de hacer y deja hecho;
muestra cómo camina paso a paso,
hasta que llega vencedor al cielo.

Muestra, además, a los que van con brío
esa corona, al parecer, queriendo;
mas veréis la razón por la cual pierden
sus trabajos y mueren como necios.

Mi libro, hará de ti fiel peregrino,
si te quieres guiar por sus consejos;
él te dirigirá a la Santa Tierra,
si de su dirección haces aprecio;
él hará ser activos a los flojos,
y hará ver cosas bellas a los ciegos.

¿Eres algo sutil y aprovechado?
¿Quieres una verdad dentro de un cuento?
¿Eres olvidadizo? ¿Desearás
en todo el año conservar recuerdos?
Pues lee mis ficciones, que se fijan
en la mente, y al triste dan consuelo.

Para afectar al hombre indiferente
está escrito este libro en tal dialecto;
parece novedad, y sólo encierra
sana y pura verdad del Evangelio.

¿Quieres quitar de ti melancolía?
¿Quieres tú, sin locura, estar contento?
¿Quieres leer enigmas explicados,
o contemplar absorto y en silencio?
¿Quieres manjar sabroso? ¿Ver quisieras
un hombre que te habla en nube envuelto?
¿Quieres soñar, mas sin estar dormido?
¿Quieres llorar y reír al mismo tiempo?

¿Quieres perderte sin que sufras daño,
y encontrarte después sin embeleso?
¿Quieres leer tu vida, sin que sepas
que la estás en mis páginas leyendo,
y ver si eres bendito, o todavía
no has alcanzado bendición del cielo?
Oh, ven acá, coge mi libro y ponlo
junto a tu corazón y a tu cerebro.

JUAN BUNYAN
Versión métrica de Carlos Araujo Carretero.

CAPÍTULO I

Comienza el sueño del autor. Cristiano, convencido de su pecado, huye de la ira venidera, y es dirigido por Evangelista hacia Cristo.

Iba yo caminando por el desierto de este mundo, cuando de pronto llegué a un lugar donde había una cueva; entré buscando refugio, cansado, y me quedé dormido. Allí tuve este sueño...

Vi un hombre de pie, andrajoso, vuelto de espaldas a su casa. En sus hombros llevaba una carga que parecía bastante pesada. Al fijarme mejor en él, vi que abría un libro y lo leía, y que a medida que iba leyendo, se estremecía e incluso lloraba, hasta que no pudo más y gritó consternado: —¿Qué es lo que debo hacer?[2]

En semejante estado, regresó a su casa, intentando reprimirse para que su mujer y sus hijos no se dieran cuenta de su dolor. Pero como su mal iba en aumento, no pudo disimularlo más y les dijo:

—Querida esposa, hijos míos: a pesar de lo mucho que os quiero, ya no puedo soportar por más tiempo esta carga que llevo encima. Además, sé que nuestra ciudad será abrasada por el fuego del cielo, y que a todos nos envolverá la más temible catástrofe[3] si no encontramos la manera de escapar, cosa que yo solo no he podido hacer.

Sus familiares quedaron estupefactos al oír aquello y creyeron que se había vuelto loco o que estaba delirando. Como ya era tarde, lo acostaron esperando que el sueño y el reposo le despejaran la mente. Sin embargo, el pobre no consiguió pegar ojo y pasó la noche entera en vela, llorando y suspirando. A la mañana siguiente, le preguntaron cómo se encontraba.

—Peor -respondió-. Es más, mi mal crece por momentos.

Entonces empezó a repetir los lamentos de la tarde anterior y sus familiares, en lugar de compadecerle, se burlaban de él y le reñían, hasta que finalmente optaron por ignorarlo y dejarlo solo. De modo que, al pobre hombre, no le quedó otra salida que encerrarse cuando

---

[2] Hechos 2:37.

[3] Alusión a la destrucción de Sodoma y Gomorra descrita en Génesis 19:24-29.

podía en su habitación para orar y llorar por ellos y por su desventura, o bien salir al campo y desahogar allí, solo, sus penas.

En una de estas salidas al campo, mientras leía su libro desconsolado y desanimado, exclamó angustiado de nuevo:

—«¿Qué debo hacer para ser salvo?».[4] Mirando inquieto a una y otra parte, parecía buscar un camino por donde huir; aunque en realidad, permanecía inmóvil, porque tampoco sabía a dónde ir. En estas, vi que se le acercaba un hombre llamado Evangelista y le decía:

Evangelista. —¿Por qué lloras?

Cristiano, -que así se llamaba el tal hombre-, respondió:

Cristiano. —Verás, este libro que estoy leyendo, me dice que estoy condenado a morir y que después, seré juzgado. Y yo no estoy preparado para morir ni mucho menos para el juicio.

Evangelista. —¿Pero, si tu vida es tan miserable como dices y está llena de tantos males, que más te da morir?

Cristiano. —Pues porque temo que esta carga que llevo sobre mis espaldas hará que me suma en lo más hondo del sepulcro, y me arrastrará al Tofet.[5] Y si no estoy dispuesto para ir a la cárcel, aún lo estoy-menos para el juicio, y muchísimo menos para el tormento. ¿Cómo no voy a llorar y a estremecerme ante semejante perspectiva?

Evangelista. —Entonces, ¿por qué no tomas una decisión? Toma, lee.

Evangelista le dio un pergamino, en el que Cristiano leyó:

«¡Huye de la ira venidera!»[6].

—¿Adónde y por dónde he de huir? -preguntó Cristiano. Evangelista señaló un campo muy espacioso y le dijo:

—¿Ves aquella puerta estrecha?[7]

Cristiano. —No.

Evangelista. —¿Ves allá, lejos, el resplandor de una luz?[8]

Cristiano. —¡Ah!, sí.

Evangelista. —No la pierdas de vista; ve derecho hacia ella, y hallarás la puerta estrecha; llama, y allí te dirán lo que has de hacer.

[4.] Hechos 16:30,31.
[5] Alusión al infierno. Lugar de fuego y tormento descrito en Isaías 30:33.
[6] Mateo 3:7.
[7] Mateo 7:13,14.
[8] Salmo 119:105; 2ª Pedro 1:19.

CAPÍTULO II

Cristiano inicia su peregrinación y se ve abandonado por Obstinado y Flexible.

Cristiano echó a correr en la dirección en la que Evangelista le había indicado; pero aún no se había alejado mucho de su casa cuando su mujer e hijos se dieron cuenta que se marchaba y empezaron a dar voces tras él, rogándole que volviese. Cristiano, sin detenerse y tapándose los oídos, gritaba como enloquecido:

–¡Vida! ¡Vida! ¡Vida eterna! -Y sin volver la vista atrás,[9] siguió corriendo hacia la llanura.

Tanto fue el alboroto, que los vecinos salieron a ver qué sucedía. Unos se burlaban de verle correr; otros lo amenazaban, y muchos se unieron a los gritos de la familia pidiéndole que volviese. Dos de ellos, Obstinado y Flexible, quisieron alcanzarle para obligarle a retroceder, y aunque era ya mucha la distancia que los separaba, no pararon de correr tras él hasta darle alcance.

–Vecinos -les dijo él-, ¿a qué habéis venido?

–A persuadirte de que vuelvas con nosotros -dijeron.

–Imposible -contestó Cristiano- la ciudad donde hemos nacido es la Ciudad de Destrucción; sé que es así, y que los que en ella habitan, tarde o temprano, se hundirán más bajo que el sepulcro, en un lugar que arde con fuego y azufre.[10] Vecinos: tened ánimo y venid vosotros también conmigo.

Obstinado. –Pero, ¿tenemos que dejar a nuestros amigos y todas nuestras comodidades?

Cristiano. –Sí, porque todo lo que tengáis que abandonar es nada al lado de lo que yo busco gozar.[11] Si me acompañáis, también vosotros gozaréis conmigo, porque allí hay cabida para todos.[12] Vamos, pues, y podréis ver por vosotros mismos que es verdad cuanto os digo.

---

[9] Génesis 19: 17, 26.
[10] Nueva alusión Génesis 19, a Sodoma y Gomorra como tipo del Infierno.
[11] Romanos 8:18.
[12] Lucas 15:17.

Obstinado. –¿Y qué es lo que buscas tan importante como para inducirte dejarlo todo así?

Cristiano. –Busco una herencia incorruptible, que no puede contaminarse ni marchitarse, reservada con seguridad en el cielo, para ser dada a su tiempo a los que la buscan con esmero.[13] Esto dice mi libro, leedlo vosotros si queréis, y os convenceréis de que es verdad.

Obstinado. –Necedades. Déjate de tal libro. ¿Quieres o no quieres volver con nosotros?

Cristiano. –¡Oh!, nunca, nunca. Ya he puesto mi mano al arado.[14]

Obstinado. –Pues vámonos, Flexible, dejémosle aquí. Éste, pertenece a esa clase de personas que cuando se les mete algo en la cabeza, se creen más sabios que los siete de Grecia.[15]

Flexible. –Nada de insultos, compañero... ¿Quién sabe si será verdad lo que Cristiano dice? ¿Y si fuera verdad?, entonces vale mucho más lo que él busca que todo lo que nosotros tenemos; yo me voy con él.

Obstinado. –¡Cómo! ¿Otro necio? No seas loco, y vuelve conmigo. ¡Sabe Dios adónde te llevará ese mentecato! Vamos, no seas tonto.

Cristiano. –No le hagas caso, amigo Flexible; acompáñame, y tendrás no sólo cuanto te he dicho, sino muchas cosas más. Y si no me crees, lee este libro, que está sellado con la sangre del que lo escribió.[16]

Flexible. –Obstinado, me voy con él. Pero... (dirigiéndose a Cristiano), ¿tú conoces el camino que nos llevará a ese lugar que deseamos?

Cristiano. –Me ha indicado la dirección un hombre llamado Evangelista; debemos ir en busca de la puerta estrecha que está un poco más adelante, y en ella nos informarán sobre nuestro destino y el camino que debemos seguir para llegar a él.

Flexible. –Adelante, pues; no perdamos tiempo, pongámonos en marcha.

Ambos emprendieron juntos el camino, mientras Obstinado regresaba solo a la ciudad, apenado por el fanatismo de sus dos vecinos. Estos, por su parte, continuaron adelante, comentando con tristeza la terquedad de Obstinado, que no había logrado experimentar el poder y el terror de lo invisible, y la grandeza de las cosas que ellos esperaban alcanzar:

---

[13] 1ª Pedro 1:4.

[14] Lucas 9:62.

[15] Alusión a la leyenda de *Los siete sabios de Grecia*. Título dado por la tradición griega a siete antiguos filósofos griegos (alrededor del 620-550 a.C.) renombrados por su sabiduría práctica que consistía en una serie de frases y aforismos memorables.

[16] Hebreos 9:17-21.

–Yo puedo concebir estas cosas, las veo en mi corazón -decía Cristiano-, pero no hallo palabras suficientes para describirlas ni explicarlas. Abramos el libro y leámoslas en él.

Flexible. –Pero, ¿estás convencido de la veracidad de lo que ese libro dice?

Cristiano. –Sí, porque lo ha compuesto Aquél que ni puede engañarse ni engañarnos.[17]

Flexible. –Lee, lee pues.

Cristiano. –Se nos dará la posesión de un reino que no tendrá fin, y se nos dotará de vida eterna para que podamos poseer ese reino para siempre.[18] Colocarán en nuestras cabezas coronas de gloria y nos vestirán con unas vestiduras resplandecientes como el sol en el firmamento.[19] Allí no habrá llanto ni dolor,[20] porque el Señor del reino limpiará toda lágrima de nuestros ojos.

Flexible. –¡Qué hermoso! ¿Y cuál será nuestra compañía? ¿Con quién estaremos allí?

Cristiano. –Estaremos con los serafines y querubines, criaturas cuyo brillo nos deslumbrará; encontraremos también allí a millares que nos han precedido, todos inocentes, amables y santos, gentes que andan con aceptación en la presencia de Dios para siempre. Allí veremos los ancianos con sus coronas de oro,[21] vírgenes y santos cantando dulcemente con sus arpas de oro,[22] y a los santos mártires; tantos a quienes el mundo descuartizó, que fueron abrasados en las hogueras, despedazados por las bestias feroces, arrojados a las aguas, y todo por amor al Señor de ese reino, allí estarán todos felices y vestidos de inmortalidad.[23]

Flexible. –El simple relato me maravilla. Pero, ¿gozaremos de todas estas cosas? ¿Y qué tenemos que hacer para conseguirlo?

Cristiano. –El Señor del reino lo ha determinado en este libro: «Si verdaderamente lo deseamos, Él nos lo concederá de balde».[24]

Flexible. –Amigo mío, estoy más que alegre; sigamos adelante: así estaremos cada vez más cerca del final.

Cristiano. –¡Ay de mí! No puedo ir tan deprisa como quisiera, porque esta carga me abruma.

Tan absortos estaban en esta agradable conversación, que advirtieron que llegaban a un pantano cenagoso que había en la mitad de la

---

[17] Tito 1:2.
[18] Juan 10:27-29.
[19] 2ª Timoteo 4:8; Mateo 13:43.
[20] Isaías 25:8; Apocalipsis 21:4.
[21] Apocalipsis 14:1-5.
[22] Apocalipsis 4:4; 5:11.
[23] Juan 12:25; 2ª Corintios 5:2; Hebreos 11:33-37.
[24] Isaías 55:1,2,7; Apocalipsis 22:17.

llanura, de modo que, sin darse cuenta, se metieron en él. Se llamaba el Pantano del Desaliento. ¡Pobres! Los vi revolcarse desesperadamente atrapados en el fango, y Cristiano, por su parte, se hundió aún más en el cieno a causa de su pesada carga.

—¿Dónde nos hemos metido? -exclamó Flexible.

—No lo sé -respondió Cristiano.

—¿Acaso es ésta -gruñó Flexible enfadado- la dicha que con tanta alegría describías y ensalzabas? Si lo pasamos tan mal al principio de nuestro viaje, ¿cómo será el resto? De veras que si salgo bien de ésta, ya puedes disfrutar tú sólo de ese país fantástico al que te diriges, porque yo regreso a casa.

Dicho esto, y haciendo un esfuerzo titánico, en dos o tres zancadas consiguió alcanzar la orilla que estaba más cerca de su casa, se puso en pie y se marchó en dirección a la ciudad, de modo que Cristiano no volvió a verle por el resto de su viaje.

Cristiano, por su parte, seguía revolcándose en el fango, cayendo, levantándose y volviendo a caer, aunque, eso sí, siempre avanzando algo en la dirección contraria a la de su casa, acercándose a la orilla de la puerta estrecha; pero con la pesada carga que arrastraba sobre sus espaldas se le hacía muy difícil, casi imposible, hasta que llegó una persona, llamada Auxilio, que le dijo:

Auxilio. —Desgraciado, ¿cómo has caído ahí?

Cristiano. —Señor, un hombre, llamado Evangelista, me dijo que siguiera por este camino hasta llegar a esa puerta estrecha, en donde me veré libre de la ira venidera. Seguí su consejo, y sin darme cuenta, caí en ese pantano.

Auxilio. —Sí; pero, ¿por qué no buscaste las piedras que hay colocadas estratégicamente para poder atravesarlo?

Cristiano. —Era tanto el miedo que se apoderó de mí al verme metido en el pantano, que sin reparar en nada, eché a correr por lo que me pareció el camino más corto y me hundí cada vez más sin lograr salir.

Auxilio. —Vamos, dame la mano, sal y sigue tu camino.

Cristiano vio los cielos abiertos; se asió con fuerza de la mano de Auxilio, salió del mal paso, y ya en una vez terreno firme, se sacudió como pudo el barro y prosiguió su camino, como su libertador le había indicado.

Entonces yo me acerqué a Auxilio y le pregunté:

—¿Por qué, en bien de los pobres viajeros, no se manda arreglar este lugar en mitad camino, siendo éste el camino directo entre la ciudad de Destrucción y esa portezuela,?

—Es imposible -me respondió-: éste es el lodazal donde van a parar todas las heces e inmundicias que siguen a la convicción de pecado;

por eso se llama el Pantano del Desaliento. Cuando el pecador despierta a la realidad y toma conciencia de sus culpas y de la perdición a la que está abocado, en su alma se levantan dudas, temores y aprensiones desconsoladoras, que se juntan todas y se estancan en este lugar. Por eso resulta imposible repararlo, ¿comprendes?

Seguramente, no era la voluntad del Rey que fuera así, y que estuviera en tan malas condiciones;[25] y en este sentido, sus obreros han trabajado durante muchos siglos, bajo la dirección de los mejores ingenieros de Su Majestad, haciendo todo cuanto estaba en su mano para tratar de componerlo. ¡Cuántos carros y carros de sabias enseñanzas no se han vaciado aquí a lo largo de todos los tiempos, intentando mejorarlo, se han vaciado materiales de la mejor calidad, procedentes de todas partes y dominios de S. M.! Pero, a pesar de que los entendidos dicen que estos son los mejores materiales para arreglarlo, no se ha podido lograr jamás hasta hoy, ni se logrará en adelante. El Pantano subsiste y subsistirá.

Lo único que se ha podido hacer, en favor de los viajeros, ha sido colocar en medio, por orden del Legislador, unas piedras buenas y sólidas, por donde pasar colocando los pies con cuidado sobre ellas; pero cuando el lodazal se agita (y esto pasa siempre que cambia el tiempo), despide unos efluvios que entorpecen los sentidos de los viajeros, y estos, no ven las piedras y caen en el fango. Por fortuna, cuando consiguen llegar hasta la puerta, a partir de ahí ya tienen terreno sólido y bueno.

Después de esto, vi que cuando Flexible llegó a su casa, sus vecinos acudieron en tropel a recibirle y después a visitarle en su casa. Unos alababan su prudencia, porque se había retirado a tiempo del camino; otros, en cambio, lo censuraban y reprendían, porque se había dejado engañar por Cristiano; y unos pocos, lo llamaban cobarde, porque decían que habiendo empezado el camino, unas pequeñas dificultades no debían haber sido suficientes como para hacerle retroceder. A causa de ello, Flexible se sintió, los primeros días, muy abatido y avergonzado; pero se repuso pronto, y entonces, se unió al coro de los que se burlaban de Cristiano y de su decisión en su ausencia. Dicho esto, ya no pienso volver a ocuparme más de Flexible.

---

[25] Isaías 35:3,4.

CAPÍTULO III

**Cristiano abandona su camino engañado por Sabio-se-
gún-el-mundo; pero Evangelista le sale al encuentro, y le
pone otra vez en el buen camino**

Cristiano, por su parte, de nuevo solo, emprendió animado su marcha, y al poco trecho se encontró con otro personaje, Sabio-según-
el-mundo, quien habitaba en una ciudad llamada Prudencia-carnal,
ciudad de importancia, situada a poca distancia de la ciudad de Destrucción. Había oído hablar de Cristiano, pues su precipitada partida
de la ciudad de Destrucción había circulado en forma de noticia-ru-
mor por los contornos, y viéndole ahora caminar tan fatigado por su
carga, y al escuchar sus lamentos y suspiros, le habló así:

Sabio. —Bien hallado seas, buen amigo; ¿a dónde te diriges con esa
pesada carga?

Cristiano. —En verdad que es pesada; tanto, que creo que nadie jamás ha llevado otra igual. Me dirijo a la puerta estrecha,[26] que está allí
delante, pues me han informado que allí me explicarán el modo de
deshacerme de ella.

Sabio. —¿Tienes mujer e hijos?

Cristiano. —Sí, los tengo; pero esta carga me preocupa y me obsesio-
na tanto, que no siento ya el mismo anhelo y regocijo al estar a su lado
que sentía antes. Es más, apenas tengo conciencia de tenerlos.

Sabio. —Escúchame con atención, creo que puedo darte algunos
buenos consejos…

Cristiano. —Con sumo gusto los escucharé, estoy muy necesitado de
ellos.

Sabio. —Mi primer consejo, es que cuanto antes te deshagas de esa
carga; mientras no lo hagas, tu espíritu carecerá de tranquilidad, y no
te será posible gozar, como corresponde, de las bendiciones que te ha
concedido el Señor.

Cristiano. —Eso es precisamente lo que quiero y voy en busca de ello.
El problema está en que ni yo puedo hacerlo por mí mismo, ni se en-

---

[26] Lucas 13:24.

cuentra en nuestro país nadie que pueda; éste es el motivo por el que he emprendido este camino en busca de una solución.

Sabio. —¿Quién te lo ha aconsejado?

Cristiano. —Una persona al parecer muy respetable y digna de consideración: Evangelista.

Sabio. —Que todas las maldiciones caigan sobre él por tal consejo. Precisamente, éste camino, es el más complejo y peligroso del mundo. ¿Acaso no has empezado ya a experimentarlo? Veo que has caído en el lodo del Pantano del Desaliento, y cuenta que eso no es nada, no es más que el primer eslabón de la cadena de calamidades que te esperan si sigues por ese camino. Soy más viejo que tú, y he oído a muchos dar testimonio de que en él encuentran todo tipo de desgracias: cansancio, penalidades, hambre, peligros, cuchillo, desnudez, leones, dragones, tinieblas... en una palabra: muerte segura. Créeme: ¿por qué vas a meterte en tantos problemas y dificultades por prestar atención al consejo de un extraño?

Cristiano. —Amigo mío, quiero que sepas que de muy buen grado estaría dispuesto a sufrir y soportar todas esas penalidades que acabas de describirme, a cambio de verme libre de esta carga, más pesada y más terrible para mí que todo eso.

Sabio. —¿Y cómo vino sobre ti esa carga?

Cristiano. —Leyendo este libro que tengo en mis manos.

Sabio. —Ya me lo imaginaba. Uno más de tantos incautos que por meterse en cosas complicadas y demasiado elevadas para ellos, se trastornan y se lanzan a aventuras desesperadas intentando conseguir algo, que ni tan siquiera saben exactamente qué es.

Cristiano. —Pues yo, por mi parte, sé muy bien lo que busco y lo que quiero: echar de mí esta pesada carga.

Sabio. —Lo comprendo, lo comprendo, claro; pero, ¿por qué has de intentarlo por un camino tan complejo y peligroso como éste, cuando yo puedo indicarte otro mucho más simple y libre de todas esas dificultades? Ten un poquito de paciencia y escúchame: la solución que te propongo la tienes al alcance de la mano, un camino donde en lugar de peligros, hallarás seguridad, amigos y satisfacciones.

Cristiano. —¿Cuál?

Sabio. —Mira, en ese pueblo cercano, que se llama Moralidad, vive un caballero de mucha sabiduría y gran reputación, llamado Legalidad, especializado en ayudar a personas como tú; y además, con una habilidad especial para curar a los trastornados del cerebro. Ve a él, y te aseguro que descansarás pronto. Su casa dista escasamente un cuarto de legua; y si él no estuviese, tiene un hijo, un joven muy aplicado, cuyo nombre es Buen Comportamiento, y que seguro podrá servirte tan bien como su mismo padre. No dudes en ir allá. Y si no estás dispuesto, como supongo no debes estarlo, a regresar a tu ciudad, puedes llamar a tu mujer y tus hijos, ya que en ese pueblo hay muchas casas vacías, y puedes alquilar una de ellas a precio muy barato. Además, allí encontrarás vecinos honrados, de buena conducta y de finos modales. Y la vida en el pueblo también muy barata.

Cristiano, al oír esto, se quedó pensativo e indeciso por unos instantes, pero pronto reaccionó pensando: si es verdad lo que me acaba de decir ese caballero, la razón y la prudencia mandan seguir sus consejos. Contestó, pues, a Sabio-según-mundo:

Cristiano. –¿Cuál es el camino que lleva a la casa de ese hombre?

Sabio. –Mira, tendrás que pasar primero por esa montaña alta, y después, la primera casa que encuentres, es la suya.

Así que, Cristiano, torció de inmediato y dejó su camino para ir en busca del auxilio del señor Legalidad. Mas cuando llegó al pie de la montaña, ésta le pareció tan alta y con una pendiente tan pronunciada, que tuvo miedo de seguir adelante, no fuera suceder que alguna roca se desprendiese y se le cayera encima; de modo que se detuvo, sin saber exactamente qué hacer. Entonces, sintió sobre sus espaldas, más que nunca, lo pesado de su carga, a la vez que vio como comenzaban a salir de la montaña relámpagos y llamaradas de fuego,[27] que amenazaban con devorarle. Le asaltaron, todo tipo de temores y se estremeció de terror.[28]

–¡Ay de mí! -exclamaba-. ¿Por qué habré hecho caso de los consejos de Sabio-según-el-mundo?

Pero cuando más asustado estaba por esos temores y remordimientos, vio a Evangelista que se le acercaba de nuevo. ¡Qué vergüenza sintió! ¡Se le estremeció la espina dorsal y se le erizaron todos los pelos del cuerpo al ver la mirada severa de Evangelista!

Evangelista. –¿Qué haces aquí, Cristiano?

Cristiano fue incapaz contestar; la vergüenza se le tenía la lengua atada.

Evangelista. –¿No eres tú el hombre que encontré llorando en las afueras de la ciudad de Destrucción, cerca de los muros?

Cristiano. –Sí, señor; yo soy.

Evangelista. –¿Cómo te has extraviado tan pronto del camino que yo te señalé?

Cristiano. –Tan pronto hube atravesado el Pantano del Desaliento, me encontré con un personaje que me persuadió de que en la aldea de enfrente hallaría a un hombre que me libraría de mi carga. Parecía muy educado, y me dijo tantas cosas agradables, que acabé por hacerle

---

[27] Éxodo 19:16-18.
[28] Hebreos 12:21.

caso, y me vine hacia acá. Mas cuando llegué al pie de la montaña y la vi tan elevada, y el camino con tanta pendiente, de repente, me detuve, temiendo que se desplomase sobre mí.

Me preguntó a dónde iba, y se lo dije; también quiso saber si tenía familia, y le respondí que sí, aunque esta carga tan pesada impedía que me regocijara con ella como antes. «Corre, pues, a toda prisa -me dijo-, pues es preciso que te deshagas de esa carga inmediatamente; pero en lugar de ir por el camino que vas, en dirección a esa portezuela donde te han dicho que te explicarán lo que debes hacer, yo te indicaré otro camino mucho mejor y más directo, sin las dificultades con que tropezarías si vas por éste. Un camino -añadió- que te llevará a la casa de un hombre hábil en eso de quitar cargas.» Yo, le creí, así que dejé el camino que usted me había indicado, y tomé éste; mas en cuanto llegué aquí, tuve miedo al ver estas cosas, y ahora no sé qué hacer.

Evangelista. –Detente y escucha las palabras del Señor.

Cristiano, en pie y temblando, escuchó las palabras que recitaba Evangelista:

–«Mirad que no desechéis al que habla; si no escaparon aquéllos que desecharon al que los amonestaba en la tierra, mucho menos escaparemos nosotros si desecháramos al que nos habla desde los cielos.»[29] «El justo vivirá por la fe; mas si retrocediere, no agradará a mi alma.»[30]

Tú eres ese hombre del que habla la Escritura, que vas precipitándote en tal miseria, Cristiano. Has empezado a rechazar el consejo del Altísimo y a retirar tu pie del camino de la paz, hasta el punto de exponerte a la perdición.

Cristiano cayó entonces casi exánime a sus plantas, exclamando:

–¡Ay de mí, que soy hombre muerto!

Al ver esto, Evangelista le asió de la mano, diciendo:

–Todo pecado y blasfemia será perdonado a los hombres.[31] No seas incrédulo, sino fiel.[32]

Al escuchar estas palabras, Cristiano se repuso un tanto, y se levantó avergonzado y tembloroso delante de Evangelista, quien añadió:

–Pon atención a lo que voy a decirte: yo te mostraré quién es el que te engañó y aquél a quien te dirigió. El que te engañó, Sabio-según-el-mundo, sólo está interesado en las doctrinas de este mundo, por lo cual, asiste siempre a la iglesia de la villa de la Moralidad, y se complace en lo que allí se predica y enseña, porque allí evitan hablar de la Cruz.[33]

---

[29] Hebreos 12:25.
[30] Hebreos 10:38.
[31] Mateo 12:31.
[32] Juan 20:27.
[33] Gálatas 6:12.

Además, a causa de sus inclinaciones mundanas y carnales, trata por todos los medios pervertir mis caminos, aún sabiendo que son correctos. Hay tres cosas en el consejo de ese hombre de las que debes cuidarte y debes aborrecer con todo tu corazón:

1.º El haberte desviado del camino que seguías.

2.º El haber intentado convencerte de que la Cruz es algo sangriento y repugnante.

3.º El haberte dirigido por esa senda, que conduce a la muerte.

Te explicaré por qué:

1.º Debes aborrecer el que te haya desviado del camino verdadero, y que tú hayas caído en su trampa, dando más crédito al consejo de un hombre que al consejo de Dios. El Señor dice: «Entrad por la puerta estrecha».[34] Era la puerta hacia donde yo te dirigí. «Porque estrecha es la puerta que lleva a la vida, y pocos son los que la hallan.».[35] Ese malvado te ha desviado del camino que conduce a esa puerta, llevándote al borde de tu ruina. Debes, pues, aborrecer su conducta, y censurarte a ti mismo por haberle prestado atención.

2.º Debes aborrecer el que haya intentado convencerte de que la Cruz es algo sangriento y repugnante, cuando es algo que debes preferir a todos los tesoros de Egipto.[36] Además, sabes que el Rey de la Gloria ha dicho que «aquel que quiera salvar su vida, la perderá», y que si «alguno quiere venir en pos de mí, y no aborrece a su padre y a su madre, a sus hijos y hermanos y hermanas, y aun su propia vida, no puede ser mi discípulo».[37] Por esto, te digo que un hombre que trata de persuadirte de que la Cruz, de la cual la Verdad suprema ha dicho que sin ella es imposible obtener la vida eterna, es algo sangriento y repugnante, debe ser para ti un personaje abominable.

3.º Debes, también, aborrecer el que te haya encaminado por la senda que conduce al ministerio de muerte.[38] ¿Crees que la persona a quien te dirigió hubiera sido realmente capaz de librarte de tu carga?

Esa persona se llama Legalidad. Su madre es una esclava que vive en esclavitud junto a sus hijos[39] y que misteriosamente son ese Monte Si-

---

[34] Lucas 13:24.
[35] Mateo 7:13,14.
[36] Hebreos 11:25-26.
[37] Lucas 14:26-27; Juan 12:25; Mateo 10:37-38.
[38] 2ª Corintios 3:7.
[39] Gálatas 4:21-27.

naí que tienes enfrente, el mismo que has temido que te cayera encima. ¿Cómo puedes esperar que puedan darte la libertad cuando ella y sus hijos son esclavos? ¡No!, nunca: Legalidad, no es quién para librarte de tu carga. Ni ha librado jamás a nadie hasta el día hoy, ni nunca podrá hacerlo. No puedes ser justificado por las obras de la Ley, porque nadie puede ser librado de su carga por medio de ellas. Debes saber que el Sr. Sabio-según-el-mundo es un embustero, y el Sr. Legalidad, otro. Y en cuanto a su hijo Buena Conducta, a pesar de su sonrisa, no es más que un hipócrita, incapaz de prestarte ayuda ninguna. Créeme, todo cuanto te ha dicho ese insensato no es más que un engaño para apartarte de la salvación, desviándote del buen camino en el que yo te había puesto.

Esto dijo Evangelista, y clamando a los cielos, pidió una confirmación de cuanto había dicho. En ese mismo instante comenzaron a salir llamaradas de fuego y grandes voces del monte que pendía inclinado sobre Cristiano, cuyos cabellos se erizaron de espanto.

Las voces decían: «Todos aquellos que se justifican por las obras de la Ley, están bajo la maldición. Porque escrito está: Maldito todo aquel que no permanece en todas las cosas que están escritas en el libro de la ley para hacerlas».[40]

Al oír esto, Cristiano se dio cuenta de que ya sólo esperaba la muerte y comenzó a gemir dolorosamente, maldiciendo la hora en que se encontró con Sabio-según-el-mundo y reprochándose a sí mismo por loco al haberle hecho caso. Se avergonzó al pensar que argumentos tan banales como los de aquel hombre lo hubiesen convencido tan fácilmente hasta el punto de hacerle abandonar el camino verdadero.

Cristiano. –Señor, ¿me queda alguna esperanza? ¿Puedo retroceder, tomar de nuevo el buen camino y dirigirme todavía a la puerta estrecha? ¿No me veré abandonado y rechazado con vergüenza cuando llegue allí a causa de mi error? Me arrepiento de haber tomado el consejo de aquel hombre. ¿Podré con ello obtener el perdón de mi pecado?

Evangelista. –Tu pecado es grande, porque has cometido dos faltas graves: has abandonado el buen camino y has andado por sendas prohibidas. Sin embargo, el que está en la puerta te recibirá, porque tiene buena voluntad para con todos los que acuden. Solamente, ten cuidado de no extraviarte de nuevo, no sea que el Señor se enoje y perezcas en el camino cuando sí se encienda su furor.[41]

Entonces Cristiano comenzó a prepararse para retroceder; y Evangelista, sonriendo, lo besó y se despidió de él, diciéndole:

---

[40] Gálatas 3:10.
[41] Salmo 2:12.

—El Señor te guíe.

Cristiano comenzó a caminar, a buen paso, en dirección contraria a la que había venido, sin hablar con nadie, ni contestar ninguna de las preguntas que algunos le hacían. Y no se sintió seguro hasta llegar de nuevo al camino que había abandonado por causa del consejo de Sabio-según-el-mundo.

CAPÍTULO IV

Cristiano llega a la puerta estrecha, pide el cumplimiento de
la promesa evangélica, llama y es recibido con amabilidad.

Después de caminar por algún tiempo Cristiano llegó a la puerta.
En el lindar había grabadas las palabras: «Llamad y se os abrirá».[42]. Así
que llamó varias veces gritando:

—¿Se me permite entrar? ¿Tiene voluntad de abrirme el que está
dentro aunque haya sido un rebelde y soy indigno de ello? ¡Abrid a un
miserable pecador! ¡Abridme y no dejaré de cantar eternamente sus
alabanzas en las alturas!

Al fin, vino a la puerta una persona de talante serio, cuyo nombre
era Buena Voluntad, quien le preguntó:

—¿Quién anda por ahí? ¿de dónde vienes? ¿qué quieres?

Cristiano. —Soy un pecador cargado y fatigado. Vengo de la Ciudad
de Destrucción, y me dirijo al monte de Sión para librarme de la ira
venidera; así que, buen señor, como el camino pasa por esta puerta,
quisiera saber si me permitiréis entrar.

Buena Voluntad. —Con mucho gusto.

Diciendo esto, le abrió la puerta, y cuando Cristiano estaba entrando pausadamente, Buena Voluntad lo agarró y dándole un fuerte tirón
lo atrajo hacia adentro. Entonces Cristiano preguntó:

—¿Qué pasa? ¿Por qué habéis hecho esto?

El otro le contestó:

—A poca distancia de esa puerta hay un castillo fortificado cuyo
capitán es Belcebú. Desde allí, él y sus huestes tiran constantemente
dardos y flechas a todos los que llegan a esta puerta, intentando alcanzarlos y matarlos antes de que entren.

—Tiemblo de pensar lo que me podía haber sucedido y me alegro
que tirarais con tanta fuerza de mí, evitando que así fuera -dijo Cristiano sintiendo en todo el cuerpo escalofríos de miedo.

Una vez dentro, Buena Voluntad le preguntó quién lo había dirigido
hasta allí.

---

[42] Mateo 7:7.

Cristiano. —Fue Evangelista quien me mandó venir y me dijo que llamara, como hice; también me dijo que usted me indicaría lo que debo hacer.

Buena Voluntad. —Una puerta abierta está delante de ti, y nadie la puede cerrar.[43]

Cristiano. —¡Qué gozo! Ahora empiezo a recoger el fruto de mi decisión de seguir y mi lucha contra tantos peligros.

Buena Voluntad. —Pero, ¿cómo es que has venido solo?

Cristiano. —Porque ninguno de mis vecinos quiso ver el peligro inminente en que estaban, tal como yo lo vi.

Buena Voluntad. —¿Nadie se enteró de tu partida?

Cristiano. —Sí, señor; mi mujer y mis hijos fueron los primeros que me vieron salir, y me gritaron para que regresara. También varios de mis vecinos hicieron lo mismo, pero me tapé los oídos y seguí mi camino.

Buena Voluntad. —Y ¿ninguno de ellos te siguió para persuadirte?

Cristiano. —Sí, señor; dos de ellos, Obstinado y Flexible; pero cuando vieron que no lo conseguirían, Obstinado regresó enojado y Flexible me acompañó un trecho más en el camino.

Buena Voluntad. —¿Y por qué no siguió hasta aquí?

Cristiano. —Caminamos juntos hasta llegar al Pantano del Desaliento, en el que ambos caímos de repente. Entonces, mi vecino Flexible, se desanimó, y no quiso seguir adelante. De modo que, saliendo del pantano por el lado más próximo a su casa, me dijo que me abandonaba y que poseyera yo solo, si ese era mi deseo, el dichoso país al que pretendía dirigirme: de modo que él regresó por su camino y yo continué por el mío. Él se fue tras Obstinado y yo seguí hacia esta puerta.

Buena Voluntad. —¡Vaya, pobre hombre! ¿De tan poca estima es para él la gloria celestial que considera que no vale la pena afrontar unos pocos peligros y superar unas cuantas dificultades para obtenerla?

Cristiano. —Ciertamente, señor, he de decir que él no es peor que yo, porque he de confesar que más tarde, yo también abandoné el buen camino para irme por el camino de muerte, porque así me persuadió de que hiciera un tal señor Sabio-según-el-mundo, con sus argumentos carnales.

Buena Voluntad. —¡Vaya!, ¿te encontraste con él? Y, claro, sin duda pretendía enviarte en busca de alivio de manos del señor Legalidad. ¿No es cierto? Ambos son embusteros. Pero ¿seguiste su consejo?

Cristiano. —Sí, hasta donde tuve valor para hacerlo. Fui en busca del señor Legalidad, pero cuando estaba ya cerca de su casa, creí que un monte que tenía delante se me venía encima, y por miedo, me detuve.

---

[43] Apocalipsis 3:8.

Buena Voluntad. –Aquel monte ha causado la muerte de muchos, y causará todavía la muerte de muchos más. Puedes sentirte dichoso, pues escapaste por muy poco de ser aplastado por él.

Cristiano. –Por cierto, no sé qué hubiera sido de mí si Evangelista no me hubiera encontrado otra vez. De modo que, he venido tal como soy; sé que no merezco más que ser aplastado por aquel monte, que no soy digno siquiera de estar hablando con vos y menos aún de la honra de ser admitido aquí.

Buena Voluntad. –Aquí no ponemos dificultades a nadie; haya sido lo que haya sido o hecho lo que haya hecho en su pasado, aquí, nadie es rechazado. Por tanto, buen Cristiano, ven conmigo y te enseñaré el camino que debes seguir. Mira adelante: ¿ves ese camino angosto? Pues, por ese camino has de ir. Fue trazado por los patriarcas, los profetas, por Cristo y sus apóstoles; y es tan recto como una regla, nadie podría hacerlo más recto. Éste es el camino que debes seguir.

Cristiano. –¿Y no hay en él cruces y bifurcaciones que confundan al caminante y le hagan perder la dirección correcta?

Buena Voluntad. –Sí, hay muchos caminos que se cruzan con éste, y son caminos anchos y se cruzan en recodos difíciles: más una cosa te permitirá distinguir el bueno del malo, recuerda que los malos son anchos, pero tortuosos; mientras que el bueno es el único angosto, pero recto.[44]

Entonces vi, en mi sueño, que Cristiano le preguntó si podía aliviarlo de su carga; porque todavía llevaba encima de sus espaldas ese peso agobiante y no podía quitárselo de ninguna manera. Pero Buena Voluntad le contestó:

–Con respecto a tu carga, debes conformarte con llevarla encima por ahora, pero, no te desanimes, sólo hasta que, siguiendo el camino, llegues al lugar donde te verás libre de ella; pues en cuanto llegues allí, la carga caerá de tus hombros por si sola.

Cristiano, se ajustó las correas y se preparó para seguir el camino. Buena Voluntad le dijo que a poca distancia de la puerta, llegaría a la casa del Intérprete, y que llegando allí, debía llamar y entrar para que le enseñaran cosas muy importantes y muy útiles para su propósito. Dicho esto, se despidió de Cristiano cariñosamente, deseándole un buen viaje y la protección del Señor.

---

[44] Juan 6:37; Mateo 7:14.

CAPÍTULO V

Cristiano en casa de Intérprete y las cosas que allí vio: un buen Ministro del Evangelio; regeneración gratuita de un corazón corrompido por medio de la fe; la mejor elección; la vida espiritual sostenida por la gracia; la perseverancia; la apostasía; el juicio final.

Cristiano siguió su camino hasta que llegó a la casa del Intérprete, donde llamó varias veces. Al fin, alguien acudió a abrir y le preguntó quién era.

Cristiano. —Soy un viajero enviado por un conocido del dueño de la casa.

Al oír esto, el que había abierto la puerta llamó al señor de la casa, el cual le preguntó a Cristiano qué quería.

Cristiano. —Señor, -dijo- vengo de la Ciudad de Destrucción y voy caminando al Monte de Sión. El hombre que está de portero en la puerta estrecha de este camino, me dijo que pasara por aquí, y que usted me enseñaría cosas útiles y de mucho provecho para mi viaje.

Intérprete. —Pasa y te mostraré lo que te será de provecho.

Mandó a su criado encender una luz e invitó a Cristiano a que le siguiese hasta una habitación interior de la casa. Allí, mandó al criado que abriese la puerta y, entonces, Cristiano vio colgado en la pared un cuadro que representaba una persona venerable, con los ojos levantados al cielo, el mejor de los libros en sus manos, la ley de la verdad escrita en sus labios, y la espalda vuelta al mundo. Estaba de pie, en ademán de querer razonar con los hombres, y llevaba una corona de oro en su cabeza.

Cristiano. —¿Qué significa esto?

Intérprete. —El hombre representado en esta pintura no es más que uno más entre miles que pueden hacer suyas las palabras del apóstol cuando escribió: «Aunque tengáis diez mil ayos en Cristo, no tenéis muchos padres; porque en Cristo Jesús yo os engendré por el Evangelio» «Hijitos míos, que vuelvo a estar otra vez de parto por vosotros.»[45]

---

[45] 1ª Corintios 4:15; Gálatas 4:19.

Sus ojos mirando al cielo, el mejor de los libros en sus manos, y la ley de la verdad escrita en sus labios, indican que su misión es conocer y explicar las cosas profundas a los pecadores; está en pie, en actitud de súplica a los hombres; el que tenga la espada vuelta al mundo, es para ilustrar que hay que despreciar y hacer poco caso de las cosas presentes; y la corona sobre su cabeza, simboliza el premio que le espera en el mundo venidero por el amor al servicio de su Señor que ha prestado en la tierra.

Ante todo, te he enseñado este cuadro -añadió el Intérprete-, para que sepas que el hombre en él representado, es el único autorizado por el Señor del lugar que buscas, para que sea tu guía en todos los parajes difíciles que has de encontrar; por tanto, recuerda bien los detalles de lo que has visto en este cuadro, no sea que en el camino te encuentres con alguien que, con pretexto de dirigirte bien, te encamine a la muerte.

Luego, Intérprete tomó a Cristiano de la mano y lo condujo a una sala grande, llena de polvo, porque nunca había sido barrida. Después de examinarla con atención durante un tiempo, Intérprete, mandó a un criado que la barriese, pero al hacerlo, el polvo acumulado se levantó creando una nube tan densa que Cristiano casi estuvo a punto de sofocarse. Entonces, Intérprete llamó a una criada que estaba cerca y le dijo:

—Trae agua y rocía con ella la sala.

Hecho esto, el criado pudo barrerla, toda entera, sin mayor dificultad.

Cristiano. —¿Qué significa esto?

Intérprete. —Esta sala, representa el corazón del hombre que nunca ha sido santificado por la gracia del Evangelio. El polvo, representa el pecado original y la corrupción interior, que ha lo han contaminado totalmente. El criado que comenzó a barrer al principio, es la Ley. La que trajo el agua y roció con ella la sala, es el Evangelio. Viste que pronto como el criado comenzó a barrer, el polvo se revolvió y se levantó de tal manera que era del todo imposible limpiar la sala pues estuviste casi a punto de asfixiarte; esto es para enseñarte que la Ley, en lugar de limpiar el corazón de pecado, lo revive,[46] lo potencia y lo aumenta en el alma,[47] ya que la Ley, lo que hace es destapar el pecado y condenarlo, pero no puede vencerlo. La criada que roció la sala con agua, facilitando de este modo el barrerla, es para demostrarte que cuando el Evangelio entra en el corazón, impregnándolo con sus influencias dulces y preciosas, el pecado es subyugado y vencido, de tal

---

[46] Romanos 7:9.
[47] 1ª Corintios 15:56; Romanos 5:20.

modo, que el alma queda limpia por la fe, y apta, por tanto, para que habite en ella el Rey de Gloria.[48]

Vi también, en mi sueño, que Intérprete tomó luego a Cristiano nuevamente de la mano y le condujo, esta vez, a una habitación pequeña, en la que estaban dos niños sentados, cada uno en su silla. El nombre de uno era Pasión, y el del otro Paciencia. Pasión parecía estar muy intranquilo y descontento; en cambio, Paciencia estaba calmado y sonreía. Entonces Cristiano preguntó:

−¿Por qué está tan inquieto y descontento Pasión?

Intérprete le contestó diciendo:

−Su ayo, quiere que Pasión espere hasta el comienzo del nuevo año para recibir sus obsequios y regalos; pero Pasión los quiere ahora, al momento, sin esperar. Paciencia, en cambio, se resigna a esperar.

Dicho esto, vi que se acercaba a Pasión un hombre con un saco lleno de los más precios regalos: joyas y vestidos, y que lo vaciaba totalmente a sus pies; el niño recogió los regalos con gusto y se divirtió con ellos durante un tiempo; a la vez que se burlaba irónicamente de Paciencia, que no tenía nada. Pero su alegría fue muy efímera, pues vi, también, como al cabo de poco tiempo, Pasión ya había roto y desperdiciado todo lo que le habían traído y no le quedaban más que trozos rotos y andrajos.

Cristiano. −Explíqueme usted, señor Intérprete, el significado de esto.

Intérprete. −Estos dos niños son figuras. Pasión es la figura de los hombres de este mundo y Paciencia, de los del mundo venidero.

Pasión, lo quiere todo antes de que acabe el año, es decir, ahora, en este mundo; así son los hombres de este mundo: quieren gozar de las cosas buenas en esta vida y no están dispuestos a esperar a tener su recompensa en la vida venidera. Aquel dicho popular: «Vale más pájaro en mano que ciento volando», para ellos tiene más valor y les inspira más confianza que todo el testimonio de las promesas divinas sobre los bienes y privilegios del mundo venidero. Pero, tal como has podido ver, Pasión, lo ha despilfarrado todo muy pronto, y al cabo de poco tiempo, ya no le quedaban más que andrajos; pues así sucederá también con los que hacen como él, cuando venga el fin de este mundo.

Cristiano. −Me doy cuenta de que Paciencia es mucho más sabio, puesto que está dispuesto a esperar, a recibir aquello que le corresponde, porque sabe que cuando al otro no le queden ya más que andrajos, por haber malgastado todo lo que tenía, él recibirá sus tesoros.

Intérprete. −Cierto, pero aún hay algo más importante; los bienes de este mundo son temporales y finitos, mientras que las cosas del

---

[48] Juan 15:3; Hechos 15:9.

mundo venidero son permanentes, y no se acabarán jamás. Por tanto, aunque Pasión recibiera sus tesoros mucho antes que Paciencia, no tenía ninguna razón para reírse de él, como has visto que hacía, puesto que cuando Paciencia reciba al fin sus tesoros, estos serán perdurables, mientras que los de Pasión, como has visto, son pasajeros. Cuando llegue la hora final, Pasión, tendrá que enfrentarse a lo que viene después de este mundo con las manos vacías; mientras que Paciencia, disfrutará de lo que le corresponde eternamente y para siempre. Así se le dijo al rico avariento: «Hijo, acuérdate que recibiste tus bienes en tu vida, y Lázaro también males; mas ahora él es consolado aquí y tú atormentado»[49].

Cristiano. –Según esto, queda muy claro que, lo mejor, es poner la esperanza en las cosas venideras y no afanarse por las cosas presentes.

Intérprete. –Esa es una gran verdad, pues: «Las cosas que se ven son temporales; mas las que no se ven son eternas»[50]. Lo que sucede, desgraciadamente, es que habiendo tanta conexión como hay entre los bienes presentes y nuestros apetitos carnales, ambos, se hacen pronto muy amigos; algo que no sucede con las cosas venideras, que permanecen mucho más distanciadas de los sentidos de la carne.[51]

Después de esto, Intérprete tomó nuevamente de la mano a Cristiano y lo introdujo en un lugar donde había un fuego encendido junto a una pared; y frente al fuego, alguien iba echando agua sin cesar, con una clara intención de apagarlo. Pero el fuego no se apagaba, sino que seguía vivo y ardía cada vez con mayor intensidad. Sorprendido, Cristiano preguntó el significado de aquello, y entonces Intérprete le respondió:

–Ese fuego, representa la obra de la gracia en el corazón humano; y ése que ves echando agua para apagarlo, es Satanás; pero su intento es inútil. Ven conmigo y comprenderás por qué el fuego, en lugar de apagarse, se aviva cada vez más. Mira detrás de la pared, ¿ves que hay otra persona?; secretamente, está añadiendo continuamente aceite al fuego, y por esa razón, no se apaga; antes por el contrario cobra cada vez más fuerza. Esa persona, es Cristo, que se ocupa de mantener viva la obra comenzada en cada corazón humano, a pesar de los denodados esfuerzos del Demonio para extinguirla.[52] Y el que lo haga desde la otra parte de la pared, te enseña, que a menudo se hace muy difícil a los que son tentados ver el por qué la obra de la gracia sigue manteniéndose viva en su alma, pero así es.

---

[49] Lucas 16:25.
[50] 2ª Corintios 4:18.
[51] Romanos 7:15-25.
[52] 2ª Corintios 12:9.

A continuación, Intérprete, llevó a Cristiano a un paraje hermoso, donde se levantaba un soberbio y bellísimo palacio en cuya azotea se distinguía la silueta de muchas personas ricamente ataviadas, vestidas de oro. Frente a la puerta del palacio, había un hombre sentado ante una mesa con un libro abierto y el encargo de ir anotando los nombres de los que entraban en el palacio. Vio también, a poca distancia del palacio, una muchedumbre de hombres y mujeres deseosos, al parecer, de entrar, pero que no se atrevían, porque frente a la puerta había una nutrida barrera de guardianes armados, dispuestos a impedirles la entrada a toda costa y resueltos a causar todo el daño posible a cualquier osado que tratase de entrar. Cristiano, se sorprendió al ver que, mientras todos retrocedían por miedo a los guardianes armados, un valiente, se acercó al que estaba sentado a la mesa, diciéndole: «Apunte usted mi nombre», y acto seguido, desenvainando su espada y con la cabeza bien protegida por un yelmo, se fue derecho al portal y acometió contra los guardianes, quienes, a pesar de la furia con que se lanzaron sobre él, tuvieron que retirarse momentáneamente al ver que el intrépido repartía con decisión tajos y estocadas a mansalva. Su tenacidad y decisión fue tan grande que, a pesar de resultar herido y caer derribado varias veces, consiguió finalmente abrirse paso entre los guardianes y penetró en el palacio, al tiempo que todos los que habían presentado la lucha desde la azotea, le vitoreaban, diciéndole: «Entrad, entrad y alcanzaréis la gloria eterna». Una vez dentro, bajaron y le recibieron gozosos, vistiéndole con vestidos espléndidos, semejantes a las suyos.

–Bueno, esto ya lo entiendo -dijo Cristiano sonriéndose- de modo que, dadme permiso para continuar mi camino.

–No -le respondió Intérprete-; pues aún tengo que mostrarte algunas cosas más

Y tomándole nuevamente de la mano, le llevó a una habitación oscura, donde había un hombre encerrado en una jaula de hierro. Su semblante revelaba una profunda tristeza; sus ojos estaban fijos en la tierra; sus manos cruzadas, y de su garganta salían constantemente profundos suspiros y lastimosos gemidos que reflejaban la tortura de su corazón.

–¿Qué significa esto? -dijo asombrado Cristiano.

–Pregúntaselo a él mismo -le respondió Intérprete.

Cristiano. –¿Quién eres tú y qué haces aquí encerrado?

Enjaulado. –¡Ah! En otro tiempo hice profesión de fe como cristiano, y me iba bien, prosperaba y florecía a mis propios ojos y a los ojos de los demás, me creía destinado a la Ciudad Celestial, y esta idea me llenaba de gozo. Pero ahora estoy desesperado, porque estoy encerrado en esta jaula de hierro de la que no puedo salir... ¡ay de mí!, no puedo salir…

Cristiano. –Pero ¿cómo has llegado a una situación tan crítica y miserable?

Enjaulado. –Dejé de velar y de ser sobrio, di rienda suelta a mis pasiones, pequé contra lo que manda la palabra del Señor; entristecí al Espíritu Santo, y Él se ha retirado de mí; tenté al Diablo, y vino a mí; provoqué la ira de Dios, y el Señor me ha abandonado; mi corazón se ha endurecido de tal manera, que ya no puedo arrepentirme.

Cristiano. –¿Y no hay ya remedio ni esperanza para ti? ¿Tendrás que permanecer encerrado para siempre en esa jaula de desesperación? ¿Acaso el Hijo bendito del Señor no es infinitamente misericordioso?

Enjaulado. –He perdido toda esperanza. He crucificado de nuevo en mí mismo al Hijo de Dios;[53] he aborrecido su persona,[54] he despreciado su justicia, he profanado su sangre, he ultrajado al Espíritu de gracia;[55] ¿qué puedo esperar? Me siento destituido de toda esperanza y no me queda sino la amenaza terrible de un juicio cierto y seguro, y con ello la perspectiva de un fuego abrasador. A este miserable estado me han llevado mis pasiones, los placeres y los intereses mundanos, en cuyo goce me prometí en otro tiempo muchos deleites, pero que ahora me atormentan y me corroen como un gusano de fuego.

Intérprete. –Pero, ¿no puedes aún, en el tiempo presente, volverte a Dios y arrepentirte?

Enjaulado. –No, Dios me ha negado el arrepentimiento; en su Palabra no encuentro ya estímulo alguno para creer; por tanto, quién me ha encerrado en esta jaula es el propio Dios, y todos los hombres del mundo, juntos, no podrían sacarme de ella. ¡Oh, eternidad, eternidad! ¿Cómo podré yo luchar con la miseria que me espera en la eternidad?

Intérprete. –Cristiano, nunca eches en olvido la desgracia y miseria que has visto en este hombre; que te sirva siempre de escarmiento y de aviso.

Cristiano. –¡Qué terrible! Que el Señor me conceda su auxilio para velar constantemente y ser sobrio, y que no permita que yo llegue algún día a tan miserable estado. Pero, señor, ¿no creéis que ya va siendo hora de que prosiga mi camino?

Intérprete. –Aún no. Todavía debo mostrarte una cosa más.

Y tomándole otra vez de la mano, lo pasó a otra habitación en la que había un hombre que justo se estaba levantando de la cama, pero que, según se iba vistiendo, se estremecía y temblaba. Intérprete mandó, al

---

[53] Hebreos 6:6.
[54] Lucas 19:14.
[55] Hebreos 10:28,29.

que se estaba vistiendo, que explicara a Cristiano el significado de sus temblores:

—Esta noche -dijo- he soñado que se esparcían por todo el cielo unas tinieblas espantosas, seguidas de relámpagos y truenos. Vi también, en mi sueño, que las nubes chocaban violentamente unas contra otras, agitadas como por un impetuoso huracán. Y después, vi a un hombre, sentado en una nube, acompañado de miles de seres celestiales, todos ellos envueltos en llamas de fuego, de tal modo que parecía como si los cielos estuvieran ardiendo como un horno; entonces, oí el sonido de una terrible trompeta que tocaba y una voz horrenda, que decía: «Levantaos, muertos, y venid a juicio». En ese mismo instante, vi que las rocas se hendían y se partían en pedazos, se abrieron los sepulcros y de ellos salieron los muertos allí encerrados, unos muy contentos levantando los ojos al cielo, y otros, avergonzados, buscando donde esconderse debajo de las montañas.

Entonces, vi como el hombre sentado sobre la nube, abría un libro y mandaba que todos que se acercaran a él, pero manteniendo una respetuosa distancia (la que suele haber entre el juez y los reos que van a ser juzgados), pues de la nube, salía un fuego abrasador, que no permitía a nadie acercarse a ella.[56] A continuación, escuché como el hombre sentado en la nube ordenaba a sus servidores: «Recoged la cizaña, la paja y la hojarasca, y arrojadlo todo al lago ardiendo».[57] Y en ese mismo instante, precisamente muy cerca de donde yo me encontraba, se abrió el abismo, de cuya boca salían, con horrible estruendo, espantosas columnas de humo y carbones encendidos. Luego, el hombre de la nube, volvió a decir: «Recoged mi trigo en el granero»;[58] y entonces, muchos que estaban en tierra, fueron arrebatados a las nubes, pero yo me quedé donde estaba.[59] En esto, comencé a buscar donde esconderme; pero me era imposible, porque los ojos del hombre de la nube estaban fijos en mí y parecía que me seguían; entonces, mis pecados se amontonaron en mi memoria y mi conciencia me acusaba por todas partes. Llegado este punto, me desperté.

Cristiano. —Pero, ¿y por qué sientes tanto temor ante la visión de todo esto?

Hombre. —Porque creí que había llegado el día del juicio, y yo no estaba preparado para él. Peor aún: porque vi a los ángeles recoger a muchos, pero a mí me dejaron en tierra y precisamente junto a la boca del abismo; y mi conciencia me atormentaba, dándome la sensación de que el Juez tenía sus ojos fijos en mí y su rostro lleno de indignación.

---

[56] 2ª Corintios 5:10; 2ª Tesalonicenses 1:8; Juan 5:28; Daniel 7:9,10.

[57] Mateo 3:12; 13:30; Malaquías 4:1.

[58] Lucas 3:17.

[59] 1ª Tesalonicenses 4:16,17.

Entonces, Intérprete, dijo a Cristiano:

–¿Has entendido y considerado bien todas estas cosas?

Cristiano. –Sí, y me infunden un gran temor al par que esperanza.

Intérprete. –Grábalas, pues, en tu memoria, y que te sean de estímulo, para que puedas continuar avanzando por el camino que debes seguir. Vete ya; que el Consolador te acompañe, y que sea Él quién dirija y guíe tus pasos, en todo momento, hasta llegar a la ciudad a la que te diriges.

Cristiano se fue, y mientras andaba por el camino, repetía, sin cesar estas palabras: Acabo de ver cosas grandes y terribles, pero de mucho provecho, que me infunden aliento para continuar mi camino. Gracias, gracias, buen Intérprete, por haber sido tan bondadoso conmigo.

CAPÍTULO VI

Cristiano llega a la Cruz. La carga cae de sus hombros, es justificado y recibe nuevas vestiduras y un diploma de adopción en la familia de Dios.

Después, en mi sueño, vi a Cristiano andando por un camino resguardado, a uno y otro lado, por dos murallas llamadas salvación.[60] Marchaba con mucha dificultad, debido a la carga que llevaba en sus espaldas, pero marchaba a buen paso y sin detenerse, hasta que finalmente vi que llegaba a una montaña, en cuya cima había una Cruz, y un poco más abajo un sepulcro. Al llegar a la Cruz, instantáneamente, la carga que llevaba, se soltó de sus hombros, y rodando, fue a caer dentro del sepulcro, y ya no la vi más.

Cristiano saltó de júbilo y exclamó con agradecimiento «¡Bendito Él que con sus penas me ha dado descanso, y con su muerte me ha dado vida!». Durante unos instantes quedó como extasiado, contemplando la Cruz y adorando, pues aún no acababa de creerse que la mera visión de la Cruz hubiera sido suficiente como para hacer que su carga se desprendiera de sus espaldas; así que continuó contemplándola, maravillado, hasta que finalmente su corazón rompió a llorar[61] de alegría y emoción. Mientras lloraba, tres Seres resplandecientes se situaron delante de él, saludándole con la «Paz». El primero le dijo:

–Perdonados son tus pecados.[62]

El segundo, le despojó de sus harapos y le vistió con un vestido nuevo[63]; y el tercero puso una señal en su frente[64] y le entregó un rollo de pergamino con un sello, el cual debía estudiar en el camino, y entregar a su llegada a la puerta celestial. Cristiano, al ver todo esto, daba saltos de alegría y cantaba eufórico y exultante:

---

[60] Isaías 26:1.
[61] Zacarías 12:10.
[62] Marcos 2:5.
[63] Zacarías 3:4.
[64] Efesios 1:13.

Vine cargado con la culpa mía
de lejos, sin alivio a mi dolor;
mas en este lugar, ¡oh, qué alegría!,
mi solaz y mi dicha comenzó.
Aquí cayó mi carga, y su atadura
en este sitio rota, yo sentí.
¡Bendita cruz! ¡Bendita sepultura!
¡Y más bendito quien murió por mí!

CAPÍTULO VII

Cristiano encuentra a Simplicidad, Pereza y Presunción entregados a un profundo sueño; es despreciado por Formalista e Hipocresía; sube por el collado Dificultad; pierde el pergamino y lo encuentra otra vez.

Pasada esta escena, vi de nuevo en mi sueño que Cristiano continuaba su camino; y llegando a un barranco, vio a tres personajes, que se llamaban Simplicidad, Pereza y Presunción, un tanto desviados del camino, entregados a un profundo sueño y con grilletes en sus pies. Se acercó a ellos y los despertó a voces, diciendo:

–Despertad, que sois como los que duermen en lo alto de un mástil,[65] que tienen debajo de sus pies el mar muerto, que es un abismo sin fondo. Levantaos y venid conmigo; yo os ayudaré a quitaros esos grilletes, porque si pasa por aquí el león rugiente,[66] seguro que caeréis en sus terribles garras.

Los tres se despertaron, miraron a Cristiano, y le contestaron así:

Simplicidad. –Yo no veo aquí peligro alguno -replicó

Pereza. –¡Déjanos dormir un poquito más! -suplicó.

Presunción. –¿Por qué te metes donde no te llaman? -se quejó.

Dicho esto, los tres se entregaron de nuevo al sueño, y Cristiano siguió su camino con gran pesar y tristeza al ver aquellos desdichados expuestos a un riesgo tan inminente, y sin embargo, rehusando testarudamente su ofrecimiento de ayuda, a pesar de haberlos despertado de su nefasto sueño y haberles dado consejos para librarse de sus ataduras.

Marchaba absorto en estos pensamientos cuando, con gran sorpresa, vio saltar la muralla que guardaba el camino angosto, a dos personajes que apresuradamente se dirigieron hacia él: sus nombres eran Formalista e Hipocresía. Cuando llegaron a donde estaba Cristiano, les preguntó:

Cristiano. –Señores, ¿de dónde venís? ¿a donde vais?

Formalista e Hipocresía –Somos naturales de la tierra de Vanagloria, y nos dirigimos en busca de alabanzas al monte Sión.

---

[65] Proverbios 23:34.
[66] 1ª Pedro 5:8.

Cristiano. –Pero, ¿cómo es que no habéis entrado por la puerta que está al principio del camino? ¿No sabéis que está escrito: «El que no entra por la puerta, mas sube por otra parte, el tal es ladrón y salteador?»[67]

Formalista e Hipocresía. –Las gentes de nuestro país consideran, y con razón, que para ir hasta la puerta necesitan dar un gran rodeo, y les es más corto y más fácil saltar la valla del camino. Es verdad que con esto traspasan la voluntad revelada del Señor; pero han adquirido ya esa costumbre, que data de más de mil años, y que tiene, por tanto, en aval del tiempo y los derechos de prescripción. Seguramente, llevada la cuestión ante un tribunal, un juez imparcial, fallaría a nuestro favor. Además, lo importante es entrar en el camino; por dónde uno entre es lo de menos; usted ha entrado por la puerta, nosotros lo hemos hecho saltando la valla; pero todos, uno y otros, estamos en el mismo camino, no hay diferencia.

Cristiano. –No estoy de acuerdo, ¡de ninguna manera! Yo sigo la reglas del Maestro, mientras que vosotros seguís los deseos e impulsos de vuestra voluntad, y sois, con razón, mirados como salteadores por el Señor del camino. Estoy seguro que al final de vuestro viaje no seréis considerados como hombres de verdad y de fe. Habéis entrado sin el consentimiento del Señor, y saldréis sin su misericordia.

Formalista e Hipocresía. –Eres libre de suponer y pensar lo que tú quieras, y puede que lo que dices, sea verdad, en parte; pero aquí, cada uno debe preocuparse de sí mismo y dejar en paz a los demás. Las leyes y ordenanzas las guardamos tan escrupulosamente como tú; nada nos diferencia ni distingue de ti más que ese vestido que llevas, que, sin duda, te ha reglado algún vecino para cubrir la vergüenza de tu desnudez.

Cristiano. –Estáis muy equivocados creyendo que os salvarán las leyes y ordenanzas, pues no habéis entrado por la puerta estrecha. Este vestido no me lo ha dado ningún vecino, me fue dado por el Señor para cubrir así la vergüenza de mi desnudez, y es la señal de su bondad, pues antes no tenía más que andrajos. Cuando llegue a la puerta de la ciudad celestial, a través de este vestido que limpió mis miserias por Su voluntad, el Señor me reconocerá como justo y merecedor de ser admitido en ella. Además, llevo en mi frente una señal que sin duda no habéis visto, hecha por un Ser resplandeciente que descendió de los cielos el día en que se cayó de mis hombros la carga que me tenía tan oprimido. Tengo también un pergamino, que me dieron ese mismo día, con el doble propósito de que su lectura me consuele durante mi viaje y su presentación me facilite la entrada por la puerta celestial.

---

[67] Juan 10:1.

Sospecho que todas estas cosas os han de hacer falta, y sin embargo, carecéis de ellas, porque no habéis entrado por la puerta.

Formalista e Hipocresía no respondieron nada a estas observaciones de Cristiano; se limitaron a mirarse el uno al otro y a sonreír. Los vi, después, a los tres siguiendo su camino. Cristiano caminaba delante de ellos, hablando consigo mismo, unas veces triste, otras confortado y alegre, y muchas leyendo el pergamino que se le habían dado y cuya lectura infundía aliento.

De esta manera, llegaron al pie de una colina llamada Dificultad, en la que había una fuente, y donde el camino se bifurcaba, pues además del camino recto que venía desde la puerta, había otros dos: uno que giraba hacia la izquierda llamado Peligro, y otro hacia la derecha, conocido como Destrucción. El camino angosto subía derecho por el collado Dificultad. Cristiano se acercó a la fuente, bebió y se refrigeró, emprendiendo acto seguido el ascenso al collado caminando hacia arriba por el camino angosto, mientras cantaba:

> *Llegar quiero a la cima del collado,*
> *aunque tenga que subir Dificultad;*
> *el camino de vida aquí trazado,*
> *seguiré sin temor ni desmayar.*
> *¡Arriba, pues! ¡valor, corazón mío!*
> *La senda dura y áspera es mejor*
> *que la llana, que lleva en extravío,*
> *a la muerte y eterna perdición.*

Los otros dos caminantes llegaron también al pie del collado; pero cuando vieron su elevación y la enorme pendiente de ascenso, y se dieron cuenta que había otros dos caminos mucho más fáciles (que probablemente, supusieron, conducían al mismo destino que el que había tomado Cristiano), decidieron ir por uno de ellos. Formalista tomó el camino Peligro, y fue a parar a un gran bosque; Hipocresía tomó el de Destrucción, que le condujo a una inmensa planicie lleno de negras montañas, donde tropezó y cayó para no levantarse ya más.

Volví mis ojos a Cristiano para contemplar como ascendía hacia la cumbre. ¡Cuánto esfuerzo y cuánta fatiga! No podía correr, y algunas veces casi ni andar, así que trepaba ayudándose con las manos. Afortunadamente, a mitad de la subida había un agradable cobertizo, un refugio puesto allí por el Señor del camino para descanso y refrigerio de los fatigados viajeros. Cristiano entró en él y se sentó a descansar. Sacó su pergamino para regocijarse con su lectura y se extasió contemplando el vestido que le habían entregado al pie de la Cruz. Pero mientras descansaba, sucumbió al sueño y el rollo de pergamino cayó rodando de sus manos. No despertó hasta bien entrada la noche, cuando otro caminante, viéndole como dormía, se le acercó y le dijo: «Perezoso, mira a la hormiga, considera sus caminos y aprende sabiduría»[68]. Al escuchar esta advertencia, Cristiano despertó súbitamente y levantándose a toda prisa, emprendió de nuevo su marcha a buen paso, dispuesto a superar la cima del collado lo antes posible.

Pero al llegar a ella, se topó de frente con dos personajes, Temeroso y Desconfianza, que retrocedían a toda prisa:

–¿Por qué retrocedéis? -les preguntó.

–Íbamos caminando -respondió Temeroso- hacia la ciudad de Sión; ya habíamos superado este collado; pero a medida que avanzamos, hemos encontrado dificultades aún mayores; así que nos ha parecido más prudente retroceder y abandonar esta empresa.

–Dice bien mi compañero -añadió Desconfianza-; porque a un corto trecho de aquí, a ambos lados del camino, hay dos leones enormes; no sabemos si están despiertos o dormidos, pero tuvimos miedo de acercarnos a ellos por si nos hacían pedazos.

–Eso que me contáis me infunde mucho miedo -respondió Cristiano-; pero, ¿a dónde huiré que pueda tener seguridad? No puedo volver sobre mis pasos y regresar a mi país, pues con ello quedaría condenado al triste final de fuego y azufre que le espera, por lo que mi perdición sería segura; en cambio, si consigo llegar a la ciudad celestial, tendré seguridad eterna. Regresar es ir a una muerte segura; en avanzar hay, sí, temor de muerte; pero también la esperanza de vida eterna. Ánimo, pues, sigamos adelante; tengamos confianza: ¡adelante, adelante!

Y dicho esto, continuó caminando hacia adelante, mientras Temeroso y Desconfianza retrocedían corriendo a toda prisa collado abajo.

Sin embargo, lo que le habían contado acerca de los dos leones, le había dejado un tanto intranquilo, y para serenarse buscó en su seno el pergamino. Pero... ¡oh, fatalidad!... no lo encontró. Disgustado, apenado, sin saber que hacer, cayó presa de la angustia: ¡había perdido aquello que tanto lo ayudaba!, su salvoconducto para entrar en la Ciudad Celestial, su pergamino. En ese momento le vino a la mente el descanso que se había tomado en el refugio del camino poco antes de llegar a la cumbre y, sin pensarlo más, se hincó de rodillas en el suelo, pidió perdón al Señor por su negligencia y regresó apresurado sobre sus pasos en busca de lo que había perdido. ¡Pobre Cristiano! Su pesadumbre y desasosiego era tal que a lo largo de todo el camino de vuelta estuvo suspirando, llorando y recriminándose a sí mismo por su

---

[68] Proverbios 6:6.

necedad al haberse dejado vencer por el sueño en un lugar destinado únicamente a un corto descanso. Y mientras caminaba, miraba con ansiedad a un lado y otro del camino, fijándose en todos los rincones en busca de su diploma, hasta que finalmente llegó al cobertizo. Allí su dolor se hizo más intenso y rompió a llorar,[69] enojado consigo mismo, recriminándose una vez más su insensatez al haberse dejado llevar por las necesidades del cuerpo en vez de centrarse en su propósito y dejar el descanso para la noche «¡Ahora, por culpa de mi debilidad, tendré que caminar tres veces más de lo que hubiera caminado si hubiese estado atento y por la labor! Además, la noche está al caer, y tendré que hacer buena parte del camino que me queda de noche...». Así se lamentaba cuando, buscando el rollo por todas partes, miró debajo del banco dónde se había quedado dormido y... ¡allí estaba!, lo encontró. Con la vergüenza pintada en el rostro, lo recogió azorado y lo guardó de nuevo en su seno.

Y como si de un milagro se tratase, en el acto, le invadió un sentimiento de paz que le serenó. Dio gracias al Señor, dirigiendo a la vez su mirada al lugar donde había encontrado el pergamino y, más tranquilo, emprendió de nuevo su marcha.

Subiendo de nuevo el último tramo de la colina, Cristiano caminaba ligero y alegre. Aun así, para cuando llegó a la cima, el sol ya se había puesto.

—¡Oh, desgraciado sueño! -decía dolido-; tú has sido la causa de que tenga ahora que hacer mi jornada de noche: ahora, el sol ya no me alumbra y mis pies tropezarán en el camino; mis oídos no percibirán más que el rugido de los animales nocturnos... ¡Ay de mí! Los leones que Temeroso y Desconfianza vieron en el camino, salen de noche, precisamente, en busca de su presa; y si en medio de la oscuridad doy con ellos, ¿quién me salvará de sus garras?

Así iba caminando, sumido en estas lúgubres reflexiones, cuando de pronto, al levantar la mirada vio, justo delante, un palacio magnífico, llamado Palacio Hermoso, situado frente al camino.

---

[69] Apocalipsis 2:4,5; 1ª Tesalonicenses 5:6,7.

CAPÍTULO VIII

Cristiano pasa a salvo entre los dos leones y llega al palacio llamado Hermoso, donde le admiten con amabilidad y le tratan con atención y cariño.

Al ver el palacio, Cristiano aceleró su marcha, esperando encontrar en él alojamiento. Mas antes de llegar se encontró con un pasaje estrecho, distante nada más que a unos cien pasos del palacio, pero a cuyos dos lados vio los terribles leones.

–Éste es el peligro -se dijo- que ha hecho retroceder a Temeroso y Desconfianza. Yo también tendré que retroceder, porque está claro que aquí no me espera más que la muerte -dijo mientras temblaba de arriba a abajo.

Pero en ese momento Vigilante, el portero del palacio, que estaba observando la indecisión de Cristiano ante el peligro aparente, le gritó:

–¿Tan pocas fuerzas tienes? No tengas miedo a los leones, están encadenados y puestos ahí solamente para demostrar la fe de unos y descubrir la falta de ella en otros; camina por el centro del camino y no te pasará nada.

Entonces Cristiano pasó entre los leones aterrorizado, eso sí, siguiendo escrupulosamente las instrucciones de Vigilante. Y aunque escuchó a ambos lados los rugidos de aquellas fieras, no recibió ningún daño. Y así, alegre, en cuatro saltos, llegó a la puerta del palacio y preguntó a Vigilante:

Cristiano. –¿De quién es este palacio? ¿Se me permitirá pasar en él la noche?

Portero. –Este palacio pertenece al Señor del Collado, y ha sido construido para servir de descanso y seguridad a los viajeros. Y tú, ¿de dónde vienes? ¿y adónde vas?

Cristiano. –Vengo de la ciudad de Destrucción y me dirijo al Monte Sión; mas la noche me ha sorprendido en el camino y desearía, si en ello no hubiese inconveniente, pasarla aquí.

Portero. –¿Cuál es tu nombre?

Cristiano. –Ahora me llamo Cristiano; mi nombre anterior era Singracia. Desciendo de la raza de Jafet, la cual Dios hizo habitar en las tiendas de Sem.[70]

Portero. –¿Cómo has llegado tan tarde? El sol se ha puesto ya.

Cristiano. –Me dormí en el cobertizo que hay en la cuesta del collado, y durmiendo se me cayó el rollo de pergamino, cuya falta no noté hasta que estaba en la cima… de manera que además de perder el tiempo que pasé durmiendo, tuve que volver atrás, y gracias al Señor, lo encontré. Por esto he llegado tarde.

Portero. –Está bien. Voy a llamar a una de las vírgenes para que hable contigo, y si tu conversación le parece correcta, entonces te presentará al resto de la familia, según las normas de esta casa.

Hizo sonar una campanilla, a cuyo eco acudió una doncella, de semblante serio pero de notable hermosura, cuyo nombre era Discreción.

Portero. –Este hombre es un peregrino que va desde la ciudad de Destrucción al Monte Sión; la noche le ha sorprendido en el camino, y además está muy fatigado; pregunta si le podemos hospedar aquí.

Entonces Discreción le interrogó sobre su viaje y los sucesos que en él habían tenido lugar. Las respuestas de Cristiano debieron de parecerle acertadas, puesto que la doncella continuó preguntando:

Discreción. –¿Cómo te llamas?

Cristiano. –Mi nombre es Cristiano; y sabiendo que este edificio ha sido precisamente levantado para seguridad y albergue de los peregrinos, quisiera que me admitieseis en él a pasar la noche.

En el rostro de Discreción se dibujó una sonrisa a la vez que algunas lágrimas rodaban por sus mejillas:

–Deja que llame a dos o tres de mi familia.

Y llamó a Prudencia, Piedad y Caridad, quienes, después de haber hablado un rato con él, lo hicieron pasar al interior de la casa. Entonces, todos los habitantes del palacio salieron a darle la bienvenida cantando:

–Entra, bendito del Señor, pues para peregrinos como tú ha sido edificado este palacio.

Cristiano les correspondió saludándoles con una reverencia y pasó adelante donde, después de ofrecerle asiento, le sirvieron algo de beber mientras le preparaban la cena.

Piedad. –Vamos, buen Cristiano, cuéntanos algo de lo que te ha sucedido en el viaje, ya ves el cariño con el que te tratamos y la benevolencia con que te hemos hospedado.

[70] Génesis 9:27.

Cristiano. –Con mucho gusto.

Piedad. –¿Qué fue lo que te movió a emprender este peregrinaje?

Cristiano. –Una voz, que me repetía siempre al oído «si no sales de aquí, morirás», fue lo que me llevó a abandonar mi patria.

Piedad. –¿Y por qué tomaste este camino?

Cristiano. –Porque así lo quiso el Señor. Yo estaba tembloroso y llorando, sin saber a donde huir, cuando me salió al encuentro un hombre llamado Evangelista, que me dirigió hacia la puerta estrecha, que solo, nunca hubiera encontrado, y me puso en el camino que me ha traído derecho hasta aquí.

Piedad. –¿Y no pasaste por la casa de Intérprete?

Cristiano. –¡Ah!, sí, y mientras viva nunca olvidaré las cosas maravillosas que allí me revelaron, especialmente tres: la primera, es cómo Cristo mantiene viva en el corazón la obra de la gracia a pesar del empeño de Satanás en apagarla; la segunda, cómo el hombre, a causa de sus pecados, llega a desesperar de la misericordia de Dios; y la tercera, la visión del que, soñando, había contemplado el juicio final.

Piedad. –¿Le oíste contar su sueño?

Cristiano. –Sí, y en verdad que era terrorífico, tanto, que afligió mi corazón en gran manera; pero ahora me alegro mucho de haberlo escuchado.

Piedad. –¿No viste más en casa de Intérprete?

Cristiano. –¡Oh!, sí; vi un magnífico palacio, cuyos habitantes estaban vestidos de oro y, a su entrada, vi un atrevido que abriéndose paso entre los guardianes armados que trataba de impedírselo, logró entrar, al mismo tiempo que oí las voces de los de dentro que le animaban a conquistar la gloria eterna. De buena gana me hubiera pasado un año entero en aquella casa; pero me quedaba todavía mucho camino que andar; así que dejé el palacio y emprendí otra vez mi marcha.

Piedad. –¿Y qué te ocurrió luego en el camino?

Cristiano. –Al cabo de muy poco, vi a uno colgado de un madero, lleno todo Él de heridas y de sangre, a cuya vista cayó de mis hombros un peso muy molesto que llevaba, y bajo el cual iba yo gimiendo. Mi sorpresa fue muy grande, pues nunca había visto cosa semejante. Yo le estaba mirando como embelesado, cuando de pronto se me acercaron tres seres Resplandecientes: el uno me aseguró que mis pecados habían sido perdonados; el otro me quitó el vestido de andrajos que llevaba y me dio éste nuevo y hermoso que ves, y el tercero me puso un sello en la frente y me dio este pergamino.

Piedad. –Sigue, Cristiano; cuéntame algo más de lo que has visto.

Cristiano. –Os he contado ya lo principal y lo mejor. También vi a tres personajes, Simplicidad, Pereza y Presunción, durmiendo a la orilla del camino y con grilletes en sus pies; traté de ayudarles, pero a pesar de mis esfuerzos no conseguí despertarlos. Después, vi a Formalista e Hipocresía, que saltaron por encima de la valla del camino y pretendían ir a Sión; pero luego se perdieron por no haber dado crédito a mis advertencias. Me resultó muy penosa la subida a este collado, y muy terrible el paso por entre las bocas de los leones; seguramente, si el portero no me hubiese animado, tal vez me hubiera vuelto atrás. Pero, gracias a Dios, estoy aquí, y me siento muy agradecido a ustedes por haberme recibido.

Después de este diálogo, Prudencia tomó la palabra y preguntó:

Prudencia. –¿No piensas alguna vez en el país de donde vienes?

Cristiano. –Sí, señora; aunque no sin mucha vergüenza y repugnancia. Si lo hubiera deseado, ocasiones y oportunidades he tenido de volver atrás; pero aspiro a otra patria mejor: la celestial.[71]

Prudencia. –¿No arrastras todavía contigo algunas de las cosas que te eran más habituales antes de emprender el camino?

Cristiano. –Sí, señora; aunque contra mi voluntad, especialmente los pensamientos y deseos de la carne, con los que tanto nos complacíamos tanto yo como mis vecinos en la Ciudad de Destrucción; pero, ahora todas estas cosas me son tan gravosas y me pesan tanto, que, si de mí dependiera, no quisiera acordarme nunca más de ellas. Pero, para desgracia mía, sucede que cuanto más trato de pensar y hacer lo mejor, más me viene a la mente lo peor y acabo haciéndolo.[72]

Prudencia. –¿Y siguen estas cosas confundiéndote tanto como antes?

Cristiano. –Sí; aunque cada vez menos, lo cual me satisface y me llena de alegría.

Prudencia. –¿Qué es lo que haces para superar esta confusión?

Cristiano. –Medito en lo que vi y me pasó al pie de la Cruz; contemplo este precioso vestido bordado; me recreo en mirar y releer este pergamino... o pienso en la bendición de lo que me espera.

Prudencia. –¿Y por qué ansias tanto llegar al Monte Sión?

Cristiano. –¡Ah! Porque allí espero encontrar, vivo, al que hace poco vi colgado en el madero; allí confío verme completamente libre de lo que ahora me molesta tanto; allí se asegura que ya no tiene cabida la muerte, y disfrutaré de la mejor compañía.[73] Amo mucho al que con su muerte quitó mi carga; mis enfermedades interiores me tienen muy fatigado; deseo llegar pronto al país donde ya no existirá la muerte y ansío tener por compañeros a los que sin cesar están cantando «Santo, Santo, Santo».

---

[71] Hebreos 11:15,16.
[72] Romanos 7:15-21.
[73] Apocalipsis 21:3,4.

Tomó entonces la palabra Caridad, y dijo a Cristiano:

Caridad. –¿Tienes familia? ¿Estás casado?

Cristiano. –Señora, tengo mujer y cuatro hijitos.

Caridad. –¿Por qué no los has traído contigo?

Cristiano (Llorando). –Con muchísimo gusto lo hubiera hecho; pero, desgraciadamente, los cinco reprocharon mi viaje y se opusieron a él con todas sus fuerzas.

Caridad. –Pero tu deber era haber tratado de convencerles, esforzarte por persuadirles del peligro que corrían al quedarse donde estaban.

Cristiano. –Así lo hice, advirtiéndoles también acerca de lo que Dios me había declarado sobre la ruina de nuestra ciudad. Pero lo calificaron como un delirio y no me creyeron, a pesar de hice fervorosas oraciones al Señor pidiéndole que atendieran mis consejos, pues amaba mucho a mi mujer y a mis hijos.

Caridad. –Supongo que les hablarías con suficiente energía de tu dolor y de tus temores de destrucción de la ciudad, porque, sin duda, tú veías con claridad lo inminente de tu ruina...[74]

Cristiano. –Lo hice, y muchas veces, y además sabían de la intensidad de mis temores, por mis lágrimas y por los temblores que se apoderaban de mí cuando pensaba en el temido juicio que pesaba sobre nuestras cabezas. Pero nada de ello fue suficiente para convencerlos de que me siguiesen.

Caridad. –¿Qué razones alegaron para no seguirte?

Cristiano. –Mi esposa temía perder las posesiones de este mundo, y mis hijos estaban de lleno entregados a los placeres de la juventud; y así fue que, por una causa o por la otra, dejaron que emprendiera solo este viaje, como veis.

Caridad. –¿Pero no crees que pudo haber sido, quizás, a causa de la vanidad de tu conducta y la incongruencia entre lo que decías y lo que hacías, que los consejos que les dabas quedaran invalidados ante sus ojos?

Cristiano. –Es verdad que no puedo decir mucho en defensa de mi comportamiento, porque sé que no es perfecto, y sé también que un hombre cuyas acciones no acompañan a sus palabras, pierde toda credibilidad. Sin embargo, puedo deciros que siempre me he guardado de pecar contra Dios y de hacer daño a mi prójimo. Incluso, por tal de no ofender a Dios, me privaba de cosas que para el resto de mi familia eran buenas y bien vistas, y ellos lo sabían.

Caridad. –En verdad, Caín aborreció a su hermano porque las obras de Abel eran buenas y las suyas, malas;[75] por eso tu mujer y tus hijos

---

[74] Génesis 19:14.

[75] 1ª de Juan 3:12.

no te han acompañado y eligiendo lo bueno, antes se han vuelto contra ti, pero tú, advirtiéndoles, has librado tu alma de su sangre.[76]

Continuaron hablando hasta que estuvo preparada la cena, y entonces, se sentaron a la mesa, que estaba dispuesta con ricos y sustanciosos manjares y excelentes bebidas. La conversación durante la cena giró en torno al Señor del Collado, sobre lo que había hecho y por qué lo había hecho, y la razón que había tenido para edificar aquel palacio. Yo, por lo que pude escuchar, llegué a la conclusión de que había sido un gran guerrero que había combatido y dado muerte al que tenía el poder sobre la muerte,[77] pero pagando por ello un alto precio, pues corrió graves peligros. Por eso estamos en deuda con él y debemos amarle eternamente, pues como Cristiano reconoció en la conversación, el Señor hizo todo esto a costa de su propia sangre, por puro amor a sus súbditos. También oí comentar a algunos miembros de la familia que le habían visto y hablado después de su muerte en la Cruz; también atestiguaron haber oído de sus mismos labios que su amor hacia los pobres peregrinos era tan grande que no había otro igual desde Oriente hasta Occidente; prueba de ello es que se había despojado de su gloria para poder hacer lo que hizo,[78] y sus deseos eran atraer a muchos[79] para que habitasen con él en el Monte Sión, para lo cual había hecho príncipes a los que por naturaleza eran mendigos nacidos en el estiércol.[80]

Así estuvieron hablando hasta muy avanzada la noche, y entonces, después de encomendarse a la protección del Señor, se retiraron a descansar. La habitación que destinaron a Cristiano estaba en el piso superior; se llamaba la sala de Paz, y su ventana miraba al Oriente. Allí durmió tranquilamente nuestro peregrino hasta el amanecer, y habiendo despertado a esa hora, cantó:

> *¿Dónde me encuentro ahora? El amor y cuidado*
> *que por sus peregrinos tiene mi Salvador,*
> *concede estas moradas a los que ha perdonado,*
> *para que ya perciban del cielo el esplendor.*

A la mañana siguiente, Cristiano estaba ya dispuesto a partir; pero antes quisieron enseñarle algunas cosas extraordinarias que había en la casa. Le llevaron primero al Archivo, donde le mostraron el árbol ge-

---

[76] Ezequiel 3:19.
[77] Hebreos 2:14,15.
[78] Filipenses 2:6,7.
[79] Juan 12:32.
[80] 1ª Samuel, 2:8.

nealógico del Señor del Collado, según el cual era hijo nada menos que del Anciano de días, engendrado entre resplandores eternos y antes del lucero de la mañana.[81] Allí vio también escritas, con caracteres de luz, su vida y todas sus acciones, así como los nombres de cientos de servidores, colocados después por él en unas moradas que ni el tiempo ni la Naturaleza podían deteriorar. Después le leyeron las hazañas más valientes de algunos siervos que habían ganado reinos, obrado justicia, alcanzado promesas, tapado las bocas de los leones, apagado fuegos impetuosos, evitado el filo de la espada; habían convalecido de enfermedades, habían sido fuertes en la guerra y trastornado campos de ejércitos enemigos.[82]

Le enseñaron después otra parte del Archivo, donde vio que el Señor estaba dispuesto a recibir a cualquiera que acudiera a él, aunque en tiempos pasados el tal hubiera sido enemigo de su persona y de sus caminos. Le mostraron también otras diversas historias de hechos y gestas ilustres de la antigüedad, y también de tiempos modernos, así como predicciones y profecías, que a su debido tiempo se han cumplido; todo ello para confusión y terror de los enemigos, pero también para consuelo y solaz de los amigos.

Al día siguiente le hicieron entrar en la Armería, donde le mostraron toda clase de armaduras que su Señor tenía dispuestas para proveer de ellas a los peregrinos: espadas, escudos, yelmos, corazas y calzados que no se gastaban. Las había en tanta abundancia, que habrían bastado para armar en el servicio de su Señor, a tantos hombres como estrellas hay en el firmamento.

Le mostraron también algunos de los artilugios e instrumentos con los cuales muchos de estos siervos habían llevado a cabo tantas maravillas en el pasado: la vara de Moisés;[83] la estaca y la maza con que Jael mató a Sísara;[84] los cántaros, bocinas y teas con que Gedeón puso en fuga a los ejércitos de Madián;[85] la aguijada de bueyes con que Samgar mató a seiscientos hombres;[86] la quijada del asno con que Sansón hizo grandes hazañas;[87] también la honda y el guijarro con que David mató a Goliath de Gath;[88] y la espada con que su Señor matará al hombre de pecado el día en que se levante para devorar su presa;[89] en fin,

---

[81] Daniel 7:9,13.
[82] Hebreos 11:33-34.
[83] Números 20:8,9.11.
[84] Jueces 4:22.
[85] Jueces 7:20.
[86] Jueces 3:31.
[87] Jueces 15:16.
[88] 1ª Samuel 17:49.
[89] Apocalipsis 19:15.

le enseñaron muchas cosas extraordinarias que le llenaron de alegría.
Todo esto les ocupó el día entero, de modo que se retiraron de nuevo
a descansar.

Al día siguiente Cristiano, quería partir; pero le rogaron que per-
maneciese en el palacio un día más para mostrarle las montañas de
las Delicias, cuya vista contribuiría mucho a confortarle, pues estaban
más cerca de su destino que del sitio donde se encontraban. Cristiano
accedió a ello. A la mañana siguiente subieron a la azotea del palacio,
y mirando hacia el Mediodía, a una gran distancia, percibió un país
montañoso y muy agradable, hermoso, lleno de bosques, viñedos, fru-
tas de todas clases, flores, manantiales y fuentes de belleza singular.
«Ese país», le dijeron «se llama el país de Emmanuel, y al igual que este
Collado, es de libre circulación para todos los peregrinos. Desde allí
podrás ver la puerta de la Ciudad Celestial; los pastores que moran allí
se encargarán de enseñártela».

CAPÍTULO IX

Cristiano entra en el valle de Humillación, en donde es asaltado con fiereza por Apollyón; mas le vence con la espada del espíritu y la fe en la Palabra de Dios.

Por fin, Cristiano estuvo dispuesto para poder partir y continuar su viaje, aunque antes lo llevaron otra vez a la Armería, y allí lo equiparon de pies a cabeza con armas y defensas de todo tipo y a toda prueba para protegerse en el camino en caso de que lo asaltaran. Después lo acompañaron hasta la puerta, en donde se detuvo para preguntar al Portero si durante su estancia en el palacio había pasado algún otro peregrino.

Portero. –Así es -respondió.

Cristiano. –¿Le conocéis, por ventura?

Portero. –No; pero me dijo que se llamaba Fiel.

Cristiano. –¡Oh! Yo sí le conozco; es vecino mío; viene del lugar donde yo nací; ¿cuánto te parece que se habrá adelantado?

Portero. –Pues ya habrá bajado todo el collado.

Cristiano. –Buen, Portero, el Señor sea contigo y aumente sus bendiciones sobre ti por la bondad que has mostrado conmigo.

Dicho esto, emprendió su marcha. Discreción, Piedad, Caridad y Prudencia decidieron acompañarlo hasta el borde del collado, y así pudieron continuar hablando. Llegados al borde, Cristiano dijo:

–La subida se me hizo muy difícil, por lo que imagino que la bajada debe ser también peligrosa.

Prudencia. –Sí, descender al valle de Humillación es muy peligroso para cualquier hombre: es difícil no tener algún mal tropiezo en el trayecto; por eso hemos salido para acompañarte.

Cristiano comenzó a descender con mucho cuidado, tropezando más de una vez. Cuando hubieron llegado al final de la cuesta, los amigos se despidieron de él, y le dieron una hogaza de pan, una botella de vino y un racimo de pasas.

Pero, una vez en el valle, Cristiano comenzó muy pronto a verse en apuros. Al poco de dejar la cuesta se le acercó un demonio abominable, llamado Apollyón. Cristiano, al verlo sintió mucho miedo y se paró a meditar qué sería lo mejor, si salir corriendo y huir o mantenerse allí firme y plantar batalla. Pero se acordó a tiempo de que la armadura que le habían dado no le cubría las espaldas, y que por tanto, darse la vuelta para huir del enemigo sería mostrarle y dejar al descubierto su punto débil. Así que decidió armarse de valor y mantenerse firme, convencido de que era la única manera de salvar su vida.

El aspecto de este monstruo era horrible: estaba cubierto de escamas como un pez, tenía alas de dragón y pies de oso; de su vientre salían fuego y humo, y su boca era de león. Cuando llegó cerca de donde estaba Cristiano lanzó sobre él una mirada de desdén, y dijo:

Apollyón. —¿De dónde vienes y adónde vas?

Cristiano. —Vengo de la ciudad de Destrucción, que es el albergue de todo mal, y me voy a la ciudad de Sión.

Apollyón. —Lo cual quiere decir que eres uno de mis súbditos, porque todo el país de donde vienes me pertenece, pues yo soy su príncipe y su dios. ¿Por qué has escapado de los dominios de tu rey? Si no fuera porque confío en que de aquí en adelante me servirás con reverencia, te aplastaría ahora mismo de un solo golpe.

Cristiano. —Es verdad que nací dentro de tus dominios; pero tu servicio era tan pesado y tu paga tan miserable, que no me bastaba para vivir, porque la paga del pecado es la muerte.[90] Así es que, cuando llegué al uso de razón, actué como las personas de juicio: pensé en mejorar mi suerte.

Apollyón. —No hay príncipe que se conforme tan fácilmente en perder a sus súbditos. De modo que, puesto que te quejas del servicio y de la paga, si estás dispuesto a regresar y a servirme con fidelidad, prometo darte todo lo que nuestro país puede dar de sí.

Cristiano. —Ya estoy al servicio de otro príncipe, del Rey de los reyes, y no puedo, por tanto, volver contigo sin faltar a la justicia.

Apollyón. —Has cambiado un mal por otro peor; pero si te liberas de su servicio, vuelve a mí y todo te irá bien.

Cristiano. —Le he dado mi palabra y le he jurado fidelidad; si ahora me vuelvo atrás, ¿acaso no puedo esperar el ser ahorcado por traidor?

Apollyón. —Conmigo hiciste lo mismo, también rompiste tu promesa y no obstante, ya ves, aquí estoy dispuesto a pasarlo por alto si estás dispuesto a regresar.

Cristiano. —Lo que te prometí, fue antes de llegar la adolescencia, y no tiene valor alguno; además, cuento con que el príncipe que ahora es mi Señor, me absuelva y perdone todo lo que hice antes para complacerte a ti. La verdad es que su servicio, su paga, sus siervos, su gobierno, su compañía y su país, me gustan muchísimo más que los

---

[90] Romanos 6:8.

tuyos; no pierdas el tiempo intentando persuadirme: soy Su siervo y estoy resuelto a seguirle.

Apollyón. –Piensa bien lo que te encontrarás en el camino por donde vas. La mayoría sus siervos tienen un final feliz, porque son transgresores contra mí y contra mis caminos; ¡muchos de ellos han caído víctimas de una muerte vergonzosa! Y además, si su servicio es mejor que el mío, ¿por qué nunca ha dado la cara y salido para librar a los que le sirven? Yo, he arrancado de las manos de él y de los suyos, sea por poder sea por fraude, a muchos que ahora me sirven fielmente, aun teniéndolos él bajo de su poder. Y te prometo que te libraré también a ti.

Cristiano. –No es cierto que Él no esté dispuesto a defendernos, tan sólo demora nuestra liberación para ver si le permanecemos fieles hasta el fin, cuando nos probará su amor. Los que estamos a su servicio no esperamos la salvación presente: sabemos que ésa vendrá cuando nuestro Rey venga.

Apollyón. –Sabes que ya has les has sido infiel en el servicio, así que ¿cómo puedes pensar que recibirás de él salario alguno?

Cristiano. –¿Y en qué he sido infiel?

Apollyón. –En repetidas ocasiones, desde el mismo instante en que saliste de Destrucción: al verte casi ahogado en el Pantano del Desaliento; luego te desviaste del camino para intentar librarte de tu carga, cuando debías haber esperado a que tu Príncipe te la quitara; más tarde, te dormiste perdiendo tu mejor prenda; estabas casi dispuesto a regresar por miedo a los leones. Y lo peor de todo: cuando hablas de tu viaje, de lo que has visto y oído, te vanaglorias interiormente de todo lo que dices y haces.

Cristiano. –Tienes mucha razón en todo lo que dices, y aún te has dejado por mencionar muchos otros errores e infidelidades que he cometido. Pero el Príncipe a quien sirvo y honro, es misericordioso y me perdona. Además, esas flaquezas tuvieron lugar mientras estaba en tu país, y me han costado muchos gemidos y pesares; pero me he arrepentido de ellas, y el Príncipe me las ha perdonado.

Entonces Apollyón no pudo contener su rabia, y empezó a lanzarle improperios:

–Yo soy enemigo de ese Príncipe; aborrezco su persona, sus leyes y su pueblo, estoy decidido a impedirte el paso a toda costa.

Cristiano. –Mira bien lo que haces, Apollyón, porque estoy en el camino verdadero, en el camino de santidad.

Entonces Apollyón extendió sus piernas hasta ocupar todo lo ancho del camino, y dijo:

–No te temo: prepárate para morir, porque te juro por mi infernal caverna que no pasarás un palmo más; aquí mismo derramaré tu alma.

Y en el acto arrojó un dardo encendido directo al pecho de Cristiano, pero éste lo paró con su escudo a la vez que desenvainaba su espada. Entonces, Cristiano acometió contra Apollyón, quien a su vez se lanzó sobre él arrojando una lluvia espesa de dardos que le causaron heridas en la cabeza, las manos y los pies. Apollyón aprovechó el instante en que Cristiano miraba sus heridas para atacarle con renovados bríos, pero Cristiano, recobrándose, le hizo frente y resistió lo mejor que pudo.

El furioso combate se prolongó cerca de medio día, hasta que Cristiano, casi sin fuerzas a causa de sus heridas, se iba debilitando cada vez más.

Apollyón aprovechó esa debilidad y se lanzó al combate cuerpo a cuerpo, con tanta furia que Cristiano perdió la espada.

–Ahora ya eres mío -exclamó Apollyón, oprimiéndole con tanta fuerza que casi lo ahogó. Pero en el momento en que iba a darle el golpe de gracia, Cristiano, con sorprendente ligereza, agarrando la espada del suelo, exclamó:

–No te confíes, enemigo mío: porque ¡aunque caído, me levantaré![91]

Y en esto que le dio a Apollyón una estocada mortal que lo hizo ceder y soltarle. Eso hizo que Cristiano cobrara nuevas fuerzas y embistiera de nuevo, diciendo:

–En todas estas cosas somos más que vencedores por medio de Aquél que nos amó.[92]

Entonces, Apollyón abrió sus alas de dragón y Cristiano no le volvió a ver por algún tiempo.

El combate fue duro y largo. Nadie que no lo haya presenciado, como yo, puede hacerse una idea de cuan espantosos y horribles eran los gritos y bramidos de Apollyón y cuan lastimeros los suspiros que lanzaba Cristiano, que hasta que no hubo conseguido herir a Apollyón con una certera estocada de su espada de dos filos estaba desencajado; pero tan pronto le hubo herido, miró al cielo y sonrió. Todo ello fue un espectáculo terrible.

Terminado el combate, Cristiano se arrodilló y dio gracias a Aquél que lo había librado de los leones y lo había auxiliado en su batalla contra Apollyón, cantando gozoso:

Belcebú se propuso mi ruina,
mandando contra mí su mensajero
a combatirme con furiosa inquina,
y me hubiera vencido en trance fiero.

---

[91] Miqueas 7:8.
[92] Romanos 8:37.

Mas me ayudó quien todo lo domina,
y así pude ahuyentarle con mi acero:
A mi Señor le debo la victoria,
y gracias le tributo, loor y gloria.

Entonces, una mano misteriosa le alargó a Cristiano algunas hojas del árbol de la vida;[93] que éste aplicó a las heridas que había recibido en la batalla, quedando sano de ellas al instante. Después se sentó allí mismo para comer el pan y beber de la botella que le habían dado los del Palacio Hermoso. Así repuesto, prosiguió su camino con la espada desnuda en su mano, por si algún otro enemigo le salía al paso. Pero no encontró ya ninguna oposición en todo el valle.

Aunque sus pruebas y tribulaciones no terminaban aquí; había vencido en el valle Humillación, pero un poco más adelante, siguiendo el camino a la Ciudad Celestial, tuvo que cruzar otro valle que se llamaba valle de Sombra-de-muerte. Este valle es un lugar extremadamente solitario, como lo describe el profeta Jeremías: «Un desierto, una tierra desierta y despoblada, tierra seca y de sombra de muerte, una tierra por la cual no pasó varón, *si no era un cristiano*, ni allí habitó hombre»[94].

Así, pues, la lucha de Cristiano contra Apollyón en el valle Humillación fue terrible, pero la que tuvo que sostener a continuación en el valle Sombra-de-muerte no lo fue menos.

---

[93] Apocalipsis 22:2.
[94] Jeremías 2:6.

CAPÍTULO X

Cristiano padece muchas tribulaciones en el valle de Sombra-de-muerte; pero como sea que las experiencias pasadas le habían enseñado a ser vigilante, con la espada desnuda en la mano y ejercitándose en la práctica de la oración, consigue atravesarlo con seguridad y sin experimentar daño alguno.

Apenas se había acercado al borde del valle Sombra-de-muerte, cuando se encontró con dos hombres que regresaban a toda prisa corriendo por el camino en dirección contraria a la que él llevaba; eran hijos de aquéllos que trajeron malos informes de la buena tierra,[95] con quienes Cristiano trabó la siguiente conversación:

Cristiano. –¿Adónde vais?

Hombre. –Hacia atrás, atrás; y si aprecias tu seguridad y tu vida, te aconsejamos que hagas lo mismo.

Cristiano. –Pero... ¿por qué? ¿qué hay más adelante?

Hombre. –¿Qué hay? Caminábamos por este mismo camino que tú llevas y avanzamos hasta donde nos atrevimos, pero no pudimos seguir adelante, y si hubiéramos dado unos cuantos pasos más no estaríamos aquí para contártelo.

Cristiano. –Pero, ¿qué es lo que habéis encontrado?

Hombre. –Ya estábamos en los inicios del valle de Sombra-de-muerte cuando, extendiendo nuestra mirada hacia adelante, por fortuna, descubrimos el peligro antes de llegar a él.[96]

Cristiano. –Pero, ¿qué habéis visto?

Hombre. –¡Ah! Hemos visto el valle mismo, que es tan negro como la pez; hemos visto los fantasmas, sátiros y dragones del abismo sueltos a sus anchas; hemos oído un continuo aullar y gritar como de gentes sumidas en una horrenda tragedia, hombres y mujeres que sufren allí atados con cadenas y agobiados bajo dolor de aflicciones. Sobre este valle también se extienden nubes de confusión, y la muerte cierne constantemente sus alas sobre él. Allí todo es horrible y todo está en un espantoso desorden.[97]

---

[95] Números 13:32.
[96] Salmo 107:10.
[97] Job 10:22.

Cristiano. –Todo lo que me decís no hace más que confirmarme que éste es precisamente el camino que debo seguir hacia el destino deseado.[98]

Hombre. –Enhorabuena, pues; allá tú, nosotros no estamos dispuestos a seguirlo.

Diciendo esto, los dos hombres continuaron su marcha, retrocediendo a toda prisa, a la vez que Cristiano, desenfundando la espada (ante el temor de ser atacado de nuevo) siguió avanzando por el camino.

Yo, medí con la vista la longitud del valle, y vi a la derecha del camino un foso profundísimo, que es adonde unos ciegos han guiado a otros ciegos durante todos los siglos, habiendo todos perecido en él miserablemente;[99] a la izquierda, vi un pantano de heces peligrosísimo, en el que si alguien cae, por muy buena persona que sea, se hunde irremisiblemente sin encontrar nunca el fondo. En ese pantano cayó una vez el rey David, e indudablemente se hubiera ahogado en él de no haber sido porque le sacó Aquel que es poderoso para hacerlo.[100]

Cristiano se vio en grandes apuros para no caer también en él, puesto que la senda era muy estrecha, y si trataba de evitar el pantano, corría el peligro de caer en el foso, y viceversa. Así que caminaba suspirando amargamente, porque además, el camino estaba muy oscuro.

Hacia la mitad del valle, vi que a orillas del camino se abría la boca del infierno. La situación de Cristiano fue, entonces, terrible, pues no sabía qué hacer; de su interior salían inmensas llamaradas, un humo espeso y muchas chispas acompañadas de ruidos infernales. Se dio cuenta que contra esto de nada le servía la espada que le había dado la victoria contra Apollyón, de modo que, la envainó, y echó mano de otra arma: «Toda Oración»[101] y comenzó a orar, exclamando: «Libra ahora, oh Jehová, mi alma»[102]. Así permaneció durante bastante tiempo, viéndose envuelto de vez en cuando por las llamas; también escuchaba voces lastimeras y pasos apresurados de gente que parecía correr de un lado a otro despavorida. Y varias veces sintió como si fueran a pisotearle y desgarrarle y creyó en más de una ocasión que iba a morir allí pisoteado.

Las llamaradas y los ruidos espantosos lo acompañaron durante varias leguas, hasta que finalmente llegó a un lugar donde le pareció escuchar que venían hacia él una legión de enemigos. Se detuvo

---

[98] Salmo 44:18.
[99] Lucas 6:39.
[100] Salmo 50:14.
[101] Efesios 6:18.
[102] Salmo 116:4.

un instante a reflexionar qué hacer; pensó, por una parte, que quizás lo mejor sería regresar; pero por otra, reflexionó que tal vez había recorrido ya más de la mitad del valle. Se acordó de que hasta este momento había conseguido superar todos los peligros y se convenció de que volver atrás era tanto o más peligroso que continuar, de modo que decidió seguir adelante. Pero como sea que los enemigos se acercaban cada vez más y algunos amenazaban ya con tocarle, no pudo contenerse y gritó con todas sus fuerzas: «Andaré en la fuerza de Jehová».[103] En el acto, los enemigos huyeron y ya no volvieron a molestarle más.

Algo que me llamó en especial la atención y no quiero pasar por alto, fue que el pobre Cristiano estaba tan aturdido que no reconocía siquiera su propia voz, de tal forma, que cuando estaba cruzando frente a la boca del abismo encendido, uno de los malignos se deslizó detrás suyo y caminando sigilosamente a su lado, le susurraba al oído temibles blasfemias, que el pobre Cristiano creía salían de su propio corazón. Esto le causó más estupor que todo cuanto le había sucedido hasta entonces: ¡pensar que podía blasfemar de Aquél a quien había amado tanto! Pero no atinó en taparse los oídos, ni a girar la cabeza para averiguar de dónde venían tales blasfemias.

Llevaba ya bastante tiempo en esa horrible situación cuando le pareció escuchar la voz de un hombre que iba delante de él diciendo: «Aunque ande por el valle de Sombra-de-muerte no temeré mal alguno, porque Tú estás conmigo».[104] Inmediatamente, sintió que le invadía un gran gozo:

En primer lugar, porque de ese modo supo que no estaba solo, que había más gente dentro del valle que temía Dios, además de él.

En segundo lugar, porque percibía que Dios estaba con ellos, a pesar de que el entorno fuera tan desolador. «¡Y por qué no, también está conmigo -pensó en su interior-, aunque por el miedo que me infunde este lugar no puedo percibirlo!».[105]

Y en tercer lugar, porque esperaba (si lograba alcanzarlos) poder viajar en compañía.

Así pues, se animó a proseguir su marcha, y dio voces al que iba delante; pero éste, que también se creía solo, no supo qué contestar. Muy pronto empezó a rayar el alba, y Cristiano dijo: «Él vuelve en mañana las tinieblas».[106] Luego amaneció el día, y Cristiano añadió: «En mañana vuelve la sombra».

---

[103] Isaías 40:31.
[104] Salmo 23:4.
[105] Job 9:11.
[106] Amós 5:8.

Una vez hubo clareado, Cristiano miró hacia atrás para ver, a la luz del día, los peligros que había atravesado durante la noche. Vio con toda claridad el foso por una parte y el pantano por otra, y lo estrecha que era la senda que pasaba en medio de los dos. Vio también los fantasmas, los sátiros y dragones del abismo, de lejos, eso sí, porque con la luz del día nunca se acercaban, pero tal como está escrito, él pudo descubrirlos: «Él descubre las profundidades de las tinieblas y saca a luz la sombra de muerte».[107]

Al verse ya, en la luz del día, libre de los muchos peligros de la noche en aquel valle tenebroso y solitario, experimentó una sensación extraña: pues aunque sin duda en el momento de atravesarlos había pasado mucho miedo, ahora, al mirarlos a la luz del día, sentía todavía más, pues se daba más cuenta de su gravedad. Poco a poco, para su consuelo, el sol acabó de levantarse del todo, iluminando la totalidad del valle. Y ello hizo que se quedara estupefacto al ver que, si bien la mitad que había recorrido durante la noche había sido peligrosa, la segunda mitad que le quedaba por recorrer, parecía tanto o más espantosa que la primera, ya que, del punto donde se encontraba hasta el mismo final del valle, el camino estaba, lleno de lazos, trampas, cepos y redes por un lado, y sembrado por el otro de abismos, precipicios, cavidades y barrancos. Si hubiera tenido que atravesarlo de noche, como hizo con la primera parte, con toda seguridad hubiera perecido. Entonces recordó las palabras de la Escritura: «Hace resplandecer su lámpara sobre mi cabeza, a la luz de la cual yo camino en la oscuridad».[108]

No obstante, bajo la luz del sol, Cristiano pudo sortear los peligros y llegar sin mayores dificultades al final del valle, donde vi, en mi sueño, charcos de sangre, huesos y cenizas de los cuerpos destrozados de peregrinos que tiempos atrás habían andado por este camino. La causa era que, un poco más adelante, se hallaba una caverna que durante mucho tiempo había estado habitada por dos gigantes, llamados Papa y Pagano, cuyo poder y tiranía habían causado grandes estragos entre los peregrinos.

Pero Cristiano pudo pasar por delante de la caverna sin que nadie lo molestara, puesto que Pagano murió hace ya mucho tiempo y Papa, aunque vive todavía, debido a su edad avanzada y a los vigorosos ataques de que fue objeto en su juventud, estaba tan debilitado que no podía hacer más que permanecer sentado en la entrada de su caverna, y desde allí lanzar sus amenazas a los peregrinos cuando pasaban, pero sin poder alcanzarlos.

---

[107] Job 12:22.
[108] Job 29:3.

Cristiano prosiguió su viaje, y la vista del anciano gigante sentado a la boca de la caverna, le dio mucho que pensar, especialmente al oír que, no pudiendo moverse, le gritaba:

—No os enmendaréis hasta que muchos más de vosotros seáis entregados a las llamas.

Pero Cristiano no respondió nada, y pasando por delante de él sin inquietud y sin recibir daño alguno, cantó:

> *¡Oh, mundo de sorpresas! (Bien lo digo.)*
> *¡Qué maravilla verme preservado*
> *de tanto mal! Con gratitud bendigo*
> *la mano que ha mostrado*
> *su poder y bondad así conmigo.*
> *¡Cuántos peligros, cuántos me cercaban*
> *al cruzar este valle tenebroso!*
> *Demonios mi camino rodeaban*
> *con lazos, redes y profundo foso.*
> *¡Cuan fácil puede ser una caída!*
> *Mas Jesús, que los suyos no abandona,*
> *ha guardado mi vida.*
> *¡Él merece del triunfo la corona!*

CAPÍTULO XI

Cristiano encuentra en Fiel un compañero excelente; pero el temor que éste muestra a la hora de juntarse con él, le enseña, y nos enseña, a ser muy cautos en elegir los compañeros. Juntos, por fin, mantienen conversaciones muy provechosas.

Una vez el valle quedó atrás, Cristiano llegó a un pequeño mirador que había sido construido para que los peregrinos pudiesen ver el camino que tenían por delante. Cuando llegó arriba, vio que un poco más adelante allí estaba Fiel, y contento le gritó:

–¡Eh, eh! Hermano, espera y andaremos juntos el camino.

Fiel miró por un instante hacia atrás, pero siguió caminando, y sólo ante los gritos insistentes que Cristiano le seguía haciendo, se dio nuevamente la vuelta y contestó:

–No, lo siento, pero no me puedo detener, mi vida está en peligro: detrás de mí viene el vengador de sangre.

Cristiano, algo molesto por esa respuesta y la actitud de su interlocutor, apretó el paso hasta que lo adelantó. Entonces esbozó una sonrisa, jactándose de haberle adelantado, pero, en esto estaba cuando, por no mirar bien donde pisaba, tropezó y cayó, con tan mala fortuna que no pudo levantarse hasta que Fiel acudió dispuesto a socorrerle. A partir de este momento, vi en mi sueño que siguieron caminando juntos en la mayor armonía, platicando sobre todo lo que les había sucedido en su viaje. Cristiano abrió la conversación, diciendo:

Cristiano. –Querido hermano Fiel: me alegro de haberte dado alcance y de que Dios haya sosegado nuestro ánimo de forma que podamos hacer, como compañeros, este camino.

Fiel. –Mi intención había sido acompañarte cuando saliste de nuestra ciudad; pero tú te adelantaste y tuve que venir solo.

Cristiano. –¿Cuánto tiempo permaneciste en la ciudad antes de ponerte en camino detrás de mí?

Fiel. –Hasta que ya no pude aguantar más, porque al punto que tú saliste, se habló mucho de que en breve iba a ser reducida a cenizas por fuego del cielo.

Cristiano. –¿Cómo? ¿Eso decían nuestros vecinos?

Fiel. –Sí, de hecho, por algún tiempo no se hablaba de otra cosa.

Cristiano. –¿Y a pesar de ello únicamente tú trataste de ponerte a salvo?

Fiel. –Aunque se hablaba mucho del fin inminente, me parece que no acababan de creérselo, porque en el fragor de la discusión oí que algunos se burlaban de ti y tu viaje, calificándolo de disparatado. Pero yo estoy convencido de que nuestra ciudad será abrasada con fuego y azufre de lo alto: por eso es que decidí salir de ella tan pronto pude.

Cristiano. –¿No oíste hablar de nuestro vecino Flexible?

Fiel. –Sí; oí que te había seguido hasta llegar al pantano del Desaliento, en donde se dijo que había caído, aunque él no quería reconocerlo y negaba lo que le había sucedido; pero todos vimos que llegó a su casa totalmente cubierto del barro de la ciénaga.

Cristiano. –¿Y qué le dijeron los vecinos?

Fiel. –Desde su regreso, ha sido objeto de burlas y desprecios por parte de todos los vecinos, y casi nadie quiere darle trabajo. Ahora, está mucho peor de lo que estaba antes de salir de la ciudad.

Cristiano. –¿Por qué? A fin de cuentas, decidió abandonar el camino que todos ellos desprecian y regresar; deberían sentirse satisfechos de que hubiera regresado.

Fiel. –Pues todo lo contrario, ahora le llaman renegado, porque no supo mantenerse firme en su decisión. Yo pienso que es Dios quién ha movido el corazón de sus enemigos para que se mofen de él y sufra oprobio por haber abandonado el camino.[109]

Cristiano. –¿Hablaste con él antes de emprender tu viaje?

Fiel. –Un día lo encontré en la calle; pero giró la mirada al otro lado, como avergonzado, de modo que no hablamos.

Cristiano. –A decir verdad, al comenzar mi viaje, tenía algunas esperanzas con respecto él; pero ahora me temo que perecerá en la ruina de la ciudad, porque le ha sucedido lo dice el proverbio: «El perro volvió a su vómito y la puerca lavada a revolcarse en el cieno».[110]

Fiel. –Sí, esos mismos temores tengo; pero, ¿quién puede impedir lo que le ha de suceder?

Cristiano. –Es verdad. No hablemos más de él; ocupémonos de otras cosas que nos afectan más directamente. Dime: ¿qué es lo que te ha sucedido a lo largo del camino que has andado? Porque seguro estoy que te habrás topado con algunas cosas que merecen mencionarse.

Fiel. –Me libré del Pantano, en el que, según creo, tú también caíste; y llegué a la puerta estrecha sin mayores problemas; pero encontré a una tal Sensualidad, quien casi me engaña.

[109] Jeremías 29:18,19.
[110] 2ª Pedro 2:22.

Cristiano. –Dichoso tú que escapaste de sus lazos. Esa tal Sensualidad, tentó también a José, cuya vida corrió grave peligro hasta que consiguió escapar de ella, como tú. ¿Qué te hizo?[111]

Fiel. –Su lengua lisonjera me prometió toda clase de placeres si accedía a desviarme del camino, y me presionó todo lo que pudo para que lo hiciera.

Cristiano. –¿Acaso te prometió el placer y la paz de una buena conciencia?

Fiel. –Ya sabes que hablo de placeres carnales.

Cristiano. –Da gracias a Dios que te ha librado de ella, pues su boca es una fosa profunda y aquel contra quien Jehová estuviere airado caerá en ella.[112]

Fiel. –A decir verdad, no sé si me libré del todo.

Cristiano. –Pero no accediste a sus deseos, ¿cierto?

Fiel. –No hasta el punto de contaminarme, porque tuve presente un antiguo escrito que había leído y que dice: «sus pies descienden a la muerte».[113] Así que cerré mis ojos para evitar ser hechizado por sus miradas. Entonces me insultó con sus palabras, pero yo proseguí mi camino.

Cristiano. –¿No encontraste otros peligros?

Fiel. –Cuando llegué al pie del collado Dificultad, me encontré con un hombre muy anciano, que me preguntó por mi nombre y mi dirección; y cuando se lo hube dicho, me dijo:

–Me pareces un joven honrado; ¿quieres quedarte a mi servicio? Te pagaré bien. Entonces le pregunté quién era y dónde vivía, me dijo que su nombre era el primer Adán, y que moraba en la ciudad de Engaño. Le pregunté cuál era su trabajo y cuál el salario que me ofrecía, y me respondió:

–Mi trabajo consiste en muchas delicias, y tu salario será ser, al fin, mi heredero. Le pregunté también sobre el sustento y el vestido, y qué otros servidores tenía, a lo que me contestó que en su casa había toda clase de manjares y dones de este mundo, y que sus siervos eran los que él mismo engendraba.

Entonces, seguí preguntándole sobre cuántos hijos tenía:

–Sólo tengo tres hijas me respondió, Concupiscencia de la carne, Concupiscencia de los ojos y Soberbia de la vida.[114] Y me dijo que podría casarme con ellas, si yo así lo deseaba. Finalmente, le pregunté cuánto tiempo quería tenerme a su servicio, y él dijo que mientras él viviera.

[111] Génesis 39: 11-12.
[112] Proverbios 22:14.
[113] Proverbios 5:5.
[114] Juan 2:16.

Cristiano. –Bien; ¿y en qué quedasteis por fin?

Fiel. –Al principio, me sentí un tanto inclinado a creerle y a ir con él, porque me pareció que hablaba con sinceridad; pero, fijándome en su frente, vi un letrero que decía: «Despojaos del viejo hombre, que esta viciado conforme a los deseos engañosos».[115]

Cristiano. –¿Y entonces?

Fiel. –¡Ah! Entonces supe que a pesar de que en principio adulara y me prometiera todo lo que se me antojara, cuando me tuviese en su poder me vendería como esclavo. Así que le dije:

–No insistas, porque no quiero ni acercarme a la puerta de tu casa. Entonces me insultó y me aseguró que enviaría tras de mí a uno que me haría la vida imposible. Pero yo le volví la espalda y continué mi camino. En ese instante, él me agarró y tiró de mi brazo tan fuerte que creí que me lo arrancaba, y yo grité:

–Miserable hombre de mí.[116] Pero seguí mi camino collado arriba.

Cuando había subido ya hasta la mitad, miré hacia atrás y vi a uno que me seguía más ligero que el viento, y que me alcanzó precisamente donde está el cobertizo del refugio.

Cristiano. –Ese cobertizo me trae amargos recuerdos, amigo. Allí me senté a descansar y dejando que el sueño me venciera perdí ese pergamino.

Fiel. –Déjame continuar, buen hermano: cuando ese hombre que me seguía me alcanzó, me dio un golpe tan fuerte, que me derribó al suelo, casi sin sentido. Le pregunté la razón por la qué me atacaba y me trataba tan mal y me respondió:

–Porque secretamente te inclinaste al primer Adán primero; y al decir esto, me descargó otro tremendo golpe en el pecho que me hizo caer de espaldas, dejándome medio muerto a sus pies. Cuando volví en mí, le pedí misericordia; pero él dijo:

–Yo no sé mostrar misericordia; y de nuevo me tiró al suelo. Seguramente hubiera acabado conmigo de no haber porque pasaba por allí Uno, que le mandó detenerse.

Cristiano. –¿Y quién era ése?

Fiel. –No le reconocí al principio; pero luego me di cuenta de las heridas en sus manos y su costado, y comprendí que era el Señor. Gracias a Él, pude seguir mi camino collado arriba.

Cristiano. –El hombre que te alcanzó era Moisés; no perdona a nadie, pues no puede tener compasión de los que quebrantan su Ley.

Fiel. –Lo sé perfectamente, puesto que no era la primera vez que se cruzaba en mi camino; cuando vivía tranquilo en la ciudad, fue él

---

[115] Efesios 4:22.
[116] Romanos 7:24.

quién vino a mi casa y me aseguró que le pegaría fuego y haría que se desplomase sobre mi cabeza si permanecía allí por más tiempo.

Cristiano. –Y, ¿no viste el palacio que estaba en la cima del collado donde te encontró Moisés?

Fiel. –Sí, y también vi los leones que había antes de llegar a él; pero creo que estaban dormidos, porque pasé cerca de las doce del mediodía; y como que todavía me quedaban muchas horas de sol, no me detuve a hablar con el portero, y tomé la cuesta hacia abajo del collado.

Cristiano. –Es verdad. Ahora recuerdo que el portero me comentó que te había visto pasar; es una pena que no te detuvieras en el palacio, habrías visto cosas tan maravillosas y extrañas que no las olvidarías en el resto de los días de tu vida. Pero dime, ¿no encontraste a nadie en el valle Humillación?

Fiel. –Encontré a Descontento, quien trató de persuadirme de que retrocediera con él; pues, en su opinión, atravesar el valle era un deshonor. Me dijo que si continuaba avanzando, con ello desagradaría a todos mis amigos y parientes: Soberbia, Arrogancia, Amor propio, Gloria mundana y otros, que me aseguró se ofenderían mucho si yo, como un necio, me empeñaba en pasar por ese valle.

Cristiano. –Bueno, ¿y qué le contestaste?

Fiel. –Le dije que todos los que acababa de nombrar podían en el pasado alegar algún tipo de parentesco conmigo, porque son de hecho mis parientes de carne; pero que desde que había iniciado este camino, tanto ellos como yo renunciamos a seguir siendo parientes; de manera que -le dije- por lo que a mi respecta, yo ya no los considero familiares míos. Además, -añadí- delante de la honra está la humildad, y antes de la caída la altivez de espíritu, de modo que le dije que en mi opinión estaba muy equivocado con respecto a lo que me había dicho sobre el valle, y le dije, además, que prefería pasar por este valle, que es honra de los más sabios, que plegarme a satisfacer lo que él consideraba como voluntad y deseo nuestros familiares y allegados.

Cristiano. –¿No encontraste a nadie más?

Fiel. –Sí: encontré a un tal Vergüenza, aunque sinceramente, no me cuadra su nombre, porque Vergüenza es un personaje que no acepta un «no» por respuesta. Todos aquellos con quienes me he topado en mi peregrinación, aceptan la derrota si sabes argumentar con ellos y negarte a sus deseos. Pero este descarado de Vergüenza me siguió un buen trecho del camino, rehusando aceptar mis negativas.

Cristiano. –¿Y qué te dijo?

Fiel. –Planteaba toda clase objeciones a la fe y a la religión. Decía que era una cosa ridícula y pueril, que era absurdo y mezquino que un

hombre perdiera el tiempo ocupándose de ella. Que tener una conciencia sensible era propio de personas afeminadas; y que el hombre
que se rebajaba hasta el punto medir sus palabras, y renunciaba a la
altivez propia de los espíritus fuertes, sería el hazmerreír de todos.
También objetó que muy pocos entre los poderosos (ricos o sabios),
habían compartido mi afición a la fe, algo que, según él, resulta más
propio de los necios, ya que arriesgarse a perder voluntariamente todo
lo que uno tiene para ir detrás de un «algo» que nadie sabe lo que es,[117]
es propio de un necio. «Mira el bajo nivel social, el fracaso y las malas
condiciones de vida de los peregrinos de cada época, y verás como
ello es a causa de su ignorancia, falta de cultura y poco conocimiento de las ciencias.» -añadió. Así estuvo argumentando un buen rato,
sobre esto y sobre cosas por el estilo, como por ejemplo, que es del
todo vergonzoso que alguien se sienta compungido por escuchar un
sermón hasta el punto llorar, y que después, vuelva a su casa decidido
a pedir al prójimo perdón por faltas leves o a devolver lo que le ha
robado. Dijo, también, que la religión daña el prestigio social y anula
la personalidad, exigiendo del hombre que la practica que renuncie a
la amistad y relación con personas importantes y poderosas, porque
practican algunos pequeños vicios, cuando, por otro lado, le manda
admitir y respetar a los pobres y miserables como hermanos en la fe.
«¡Esto es una vergüenza!», dijo.

Cristiano. -Y ¿qué le contestaste?

Fiel. -Al principio no sabía qué argumentar, porque efectivamente
me hizo sentir mal, y pasé mucha vergüenza y apuro. Casi me vence.
Pero entonces me acordé de que lo que los hombres tienen por subli-
me, delante de Dios es abominación.[118] Me di cuenta de que Vergüenza me hablaba desde el punto de vista de los hombres; pero que no en-
tendía nada ni decía de las cosas vistas desde la perspectiva de Dios ni
de su Palabra; que en el día el juicio no se nos dé sentencia a muerte o
vida en base nuestro nivel cultural, nuestras amistades poderosas o lo
orgullosos que estemos del mundo, sino según la sabiduría y la ley del
Altísimo. Por tanto, añadí, lo verdaderamente valioso es aquello que
Dios da como mejor: la fe en su Palabra, y la conciencia sensible de
aquellos que prefieren el reino de los cielos al reino mundanal... aunque se opongan a ello todos los hombres más sabios y más poderosos
del planeta. Un pobre que ama a Cristo es más rico que el hombre
más poderoso del mundo, si éste no ama a Cristo. Pensando en esto,
alejé a Vergüenza de mí diciéndole: «Eres un enemigo de mi salvación;
¿pretendes que te escuche cuando tú ofendes a mi Señor y Soberano?

---

[117] 1ª Corintios 1:26; 3:18; Filipenses 3:7-8.
[118] Lucas 16:15.

Si tal hago, ¿cómo podré mirarle cara a cara el día de su venida? Pues si por un lado espero de Él salvación, no puedo avergonzarme por el otro de sus caminos ni de sus siervos».

Pero Vergüenza era muy descarado. Me costó mucho trabajo echarlo de mi lado, y cuando por fin lo conseguí, él no se dio por vencido pues me siguió a distancia un buen trecho. Y cuando ya parecía que había conseguido alejarlo, regresaba de nuevo, susurrándome al oído las muchos errores y «flaquezas» de los cristianos; hasta que por fin le hice comprender que perdía el tiempo, porque las cosas que él menospreciaba eran precisamente las más preciadas para mí. Por fin lo entendió y se marchó definitivamente, y yo, para desahogarme, canté:

Los que obedecen a la voz del cielo,
muchas pruebas sufrirán,
gratas para la carne, seductoras,
que no sólo una vez les tentarán.
En ellas puede el débil peregrino
ser tomado, vencido y perecer.
¡Alerta, pues, viador! Pórtate en ellas
como quien eres, y podrás vencer.

Cristiano. –Me alegro de que le plantaras cara a ese bribón con tanta valentía, hermano; ya veo qué querías decir con eso de que «no le cuadra el nombre», pues aunque se llame Vergüenza se trata mas bien de un «desvergonzado», un desalmado que nos sigue constantemente y procura avergonzarnos delante de todos de lo que nosotros tenemos como bueno. Pero debemos enfrentarnos a él y resistirle, puesto que con sus argumentos y bravatas tan sólo logra convencer a los necios. Salomón dijo: «Los sabios heredarán honra, pero los necios llevarán ignominia».[119]

Fiel. –Tenemos que pedir a Dios que nos ayude contra Vergüenza. El Señor quiere que seamos valientes y que defendamos la verdad en la tierra.

Cristiano. –Es cierto... ¿Pero no encontraste a nadie más en ese valle?

Fiel. –No, pues tanto el resto de mi camino por ese valle como la travesía del de Sombra-de-muerte tuve la suerte de hacerla de día, a plena luz del sol.

Cristiano. –Mi experiencia fue muy distinta... Tan pronto como entré en ese valle, tuve que mantener un combate largo y reñido contra Apollyón, y llegué a temer seriamente por mi vida cuando me tuvo bajo sus garras y me aplastaba como si quisiera despedazarme. Hubo

---

[119] Proverbios 3:35.

un momento en que perdí mi espada, que cayó al suelo, y entonces le oí gritar: «Ya te tengo seguro». Pero clamé al Señor, y Él me oyó y me libró. Después entré en el valle de Sombra-de-muerte, y tuve que hacer casi la mitad del camino en la oscuridad; varias veces creí que iba a morir, hasta que por fin amaneció, se levantó el sol, y pude hacer el resto del camino con mucha más tranquilidad y sosiego.

CAPÍTULO XII

Cristiano y Fiel se encuentran con Locuacidad, retrato de tantos falsos maestros de religión, para quienes ésta consiste en hablar mucho y obrar poco.

En esto estaban cuando Fiel vio a un hombre llamado Locuacidad, que caminaba a su derecha, a poca distancia de ellos, dado que allí el camino era bastante ancho. Era un hombre alto y bien parecido, al menos visto desde la distancia.

Fiel. —¡Eh! ¡Amigo! ¿Adónde va usted? ¿Al país celestial?

Locuacidad. —Sí, señor, allá me encamino.

Fiel. —Allá vamos todos. ¿Por qué no vamos juntos?

Locuacidad. —Será un privilegio poder acompañarles.

Fiel. —Así podremos charlar de cosas de provecho.

Locuacidad. —Siempre es gratificante hablar de ellas, con ustedes o con cualquier otra persona. Me alegra mucho haberme encontrado con personas interesadas en ellas, porque, a la verdad, son pocos los que emplean el tiempo de sus viajes en conversar cosas de provecho; la mayoría prefieren hablar de cosas fútiles y vanas, lo cual siempre me entristece mucho.

Fiel. —Sí, es muy de lamentar, pues nada hay en el mundo más digno que hablar de las cosas del Dios de los cielos.

Locuacidad. —¡Cuánto me complace escuchar eso! Pues revela de su parte una profunda convicción. Es cierto: ¿hay algo comparable con el placer y provecho que se encuentra en hablar de las cosas de Dios? Pues toda persona atraída por cosas maravillosas, como es el caso de historias, misterios, milagros, prodigios y señales, ¿dónde encontrará mejor fuente que en las Sagradas Escrituras?

Fiel. —Es verdad, y debemos procurar sacar siempre el mayor provecho de nuestra conversación.

Locuacidad. —Eso mismo digo yo, hablar de cosas divinas es sumamente provechoso, puesto que analizándolas y debatiéndolas, uno puede llegar al conocimiento de muchas otras. Cuando hablamos de las cosas de este mundo, no conseguimos más que vanidad; cuando hablamos de las celestiales, provecho. Por lo menos, así es en general. A través de una buena y agradable conversación podemos aprender sobre la importancia de la segunda venida y la necesidad de la justicia de Cristo. Además, podemos aprender en qué consiste arrepentirse, creer, orar, sufrir, y cosas por el estilo. Conversando nos podemos enterar de cuáles son las grandes promesas y consuelos del Evangelio para nuestro solaz, y saber cómo se refutan las falsas opiniones; podemos aprender a defender la verdad e instruir a los ignorantes.

Fiel. —Todo esto que dice es una gran verdad, y me complace escucharlo.

Locuacidad. —¡Ay! La falta de buenas conversaciones es la causa de que tan pocos entiendan la necesidad de la fe y de la gracia para que su alma alcance la vida eterna; y de que vivan, ignorantes, en las obras de la ley, por las cuales ningún hombre es justificado[120] ni puede llegar al reino de los cielos.

Fiel. —Cierto, cierto, pero no debemos olvidar que el conocimiento espiritual de estas cosas es un don de Dios. Ningún hombre puede alcanzarlo través de sus propios esfuerzos, el razonamiento humano o el mero hecho de hablar de ello.

Locuacidad. —Lo sé muy bien, pues no podemos obtener nada que no nos sea dado de arriba. Todo es de gracia, no por obras;[121] hay centenares de textos que confirman esto.

Fiel. —Totalmente de acuerdo; vamos a cambiar de tema.

Locuacidad. —Pues hablaremos sobre lo que usted quiera: de cosas celestiales o terrenales, de cosas morales o evangélicas, de cosas sagradas o profanas, de cosas pasadas o venideras, de cosas extranjeras o del país, de las cosas más esenciales o de las más pasajeras. Y siempre será para provecho, hablar siempre es provechoso

Maravillado ante la verborrea de su interlocutor, Fiel, se acercó a Cristiano, que durante ese tiempo se había mantenido un tanto apartado de ellos, y le dijo:

Fiel. —¡Qué buen compañero hemos encontrado! Seguro que este hombre será un excelente peregrino.

Cristiano esbozó una sonrisa irónica y replicó:

—Este hombre, con esa lengua de oro, es capaz de engañar a todos aquellos que no le conozcan.

Fiel. —¿Lo conoces?

Cristiano. —Sí, lo conozco bien, mejor de lo que él se conoce a sí mismo.

Fiel. —¿Y quién es?

---

[120] Gálatas 2:16.
[121] Efesios 2:8.

Cristiano. –Se llama Locuacidad, y vive en nuestra ciudad; es extraño que no lo conozcas... supongo que debe ser por lo extensa y populosa que se está volviendo la ciudad.

Fiel. –¿De quién es hijo? ¿Por dónde vive?

Cristiano. –Es hijo de un tal Bien-Hablado, y vivía en el callejón de la Palabrería. Sus amigos le conocen con el nombre de Locuacidad; pero, a pesar de su agraciada lengua, sus principios morales dejan mucho que desear.

Fiel. –¡Pues parece una persona bastante decente!

Cristiano. –Sí, para aquellos que no le conocen de cerca. Cuando está de viaje, da mejor impresión; pero en casa es otra cosa muy diferente... Le pasa como a las obras de algunos pintores, cuyos cuadros lucen bien desde una cierta distancia, pero que vistos de cerca son muy poco agradables.

Fiel. –No sé si tomarme a broma todo lo que estás diciendo, pues veo que sonríes.

Cristiano. –No quiera Dios que bromee con esto, aunque me hayas visto sonreír, ni permita tampoco que acuse falsamente a nadie. Te voy a decir más sobre él; este hombre se adapta a cualquier compañía y a cualquier modo de hablar: lo mismo que estaba conversando contigo, es capaz de conversar en mitad de una taberna. Y cuanto más licor tiene en la cabeza, tanto más amena es su charla. El verdadero cristianismo no forma parte ni de su mente, ni de su casa, ni de su vida; y por supuesto, menos aún de su corazón; todo lo que tiene está en la punta de su lengua, y su fe se limita a lo que habla.

Fiel. –¿En serio? Entonces, reconozco que ha conseguido engañarme.

Cristiano. –Puedes estar seguro, créeme... y acuérdate al respecto del texto bíblico que dice: «Dicen y no hacen», «porque el reino de Dios no consiste en palabras, sino en virtud».[122] Este hombre habla de la oración, del arrepentimiento, de la fe y del nuevo nacimiento; pero no siente nada de ello en su corazón, no hace más que hablar. Le conozco bien y sé que es así: su casa está falta de cristianismo verdadero. Allí nadie ora, ni nadie se arrepiente de sus pecados. Hasta los salvajes, sirven y adoran a Dios, a su manera, mucho mejor que él. Locuacidad es una mancha, el oprobio y vergüenza de la fe cristiana para todos los que le conocen. Por su culpa, en su barrio no se escucha una sola palabra favorable a la fe cristiana. Allí, refiriéndose a él, todos citan y aplican el refrán que dice «Santo por fuera y un demonio en casa». Y los que más sufren con ellos son los de su propia familia, que lo conocen muy bien: con ellos se comporta de forma grosera e iracunda; y ya no saben ni cómo hablarle ni qué hacer para complacerle. Los que

---

[122] Mateo 23:3.

tienen o han tenido algún trato con él, reconocen abiertamente que preferirían tratar con un estafador, que probablemente es mucho más honrado. Dicen que siempre trata de abusar de ellos, engañándolos, y que defrauda a todo aquél que confía en sus palabras. Y lo peor del caso, es que está educando a sus hijos a seguir sus pasos, y si huele que alguno de ellos tiene algún «temor» (así llama él a la sensibilidad de conciencia), los insulta y los llama pusilánimes, necios y estúpidos incluso les niega el derecho a trabajar. Por mi parte, creo honestamente que su maldad ha sido la causa de que muchos tropiecen y caigan; y si Dios no lo impide, será la ruina de muchos más.

Fiel. –Hermano, me dejas estupefacto. Te creo porque me has asegurado que le conoces y porque además, como cristiano, sé que estás comprometido a dar testimonio verdadero de tus semejantes, y no puedo pensar que digas estas cosas por odio o mala voluntad.

Cristiano. –No, de haberse dado la circunstancia de haber tenido que tratar con él, seguramente también me hubiera engañado. Si todo lo que te he dicho lo hubiera escuchado solamente de la boca de incrédulos, puedes estar seguro que nunca lo hubiese creído, puesto que los incrédulos muchas veces se dedican a lanzar acusaciones sobre bases falsas a los que se declaran seguidores de la fe cristiana. Pero todo lo que te he contado y mucho más, lo puedo probar, ya que lo sé a ciencia cierta. Además, los que se avergüenzan de él, son los propios cristianos, que ya no le quieren ni por hermano ni por amigo... Si lo nombras delante de ellos, se sonrojan de vergüenza.

Fiel. –Es bien verdad que el *decir* y el *hacer* son dos cosas muy distintas... de ahora en adelante, lo tendré muy presente.

Cristiano. –En efecto, son... como el alma y el cuerpo: el *decir* viene a ser como el cuerpo, que sin el alma, no es más que un cuerpo muerto, un cadáver. Lo que cuenta realmente en la vida cristiana es el *hacer*, la práctica. «La religión pura y sin mácula delante de nuestro Dios y Padre, es ésta: visitar a los huérfanos y a las viudas en sus tribulaciones, y guardarse sin mancha de este mundo.»[123] En oposición a esto, Locuacidad afirma que lo que vale es el *decir*, el oír y el hablar; según él, eso es lo que hace al buen cristiano: y con ello, se engaña a sí mismo. El oír no es más que la siembra de la palabra, y hablando no se demuestra que realmente haya fruto en el corazón y en la vida. En el día del juicio, los hombres serán juzgados no en base a sus palabras, sino según sus obras; es decir, no se les preguntará «¿creísteis?», sino «¿hicisteis?». Por eso, el fin del mundo se compara con la siega:[124] en la siega sólo se valoran los frutos. Evidentemente, las obras, sin fe,

---

[123] Santiago 1:27.
[124] Mateo 13:39.

tampoco son aceptables: fe y obras, creencias y hechos, tienen que ir unidos de forma inseparable, como el cuerpo y el alma... Es por eso que, en el juicio final, los argumentos de Locuacidad no le servirán para nada.

Fiel. –Esto me recuerda las palabras de Moisés, cuando describe a los animales limpios.[125] Dice que son aquellos que tienen las pezuñas hendidas y que rumian. Las dos cosas. Si un animal tiene una de las dos cualidades, pero le falta la otra, ya no es considerado un «animal limpio». Por ejemplo, la liebre: rumia, pero es impura, porque no tiene las pezuñas hendidas. Esto es lo que le pasa a Locuacidad: rumia, elucubra las ideas, reflexiona sobre la Palabra; pero no tiene las pezuñas hendidas, no se aparta del camino de los pecadores, y por tanto, igual que la liebre, es impuro.

Cristiano. –Has hecho, hasta donde llegan mis conocimientos, una aplicación magistral, justa y evangélica, de estos textos. Por mi parte, aún quiero añadir un pensamiento más, Pablo califica a esos grandes habladores de «metal que resuena y címbalo que retiñe».[126] Es decir, como lo explica en otra parte: «cosas inanimadas que hacen sonidos».[127] Cosas sin vida, sin la fe y la gracia verdaderas del Evangelio y que por tanto nunca podrán estar en el reino de los cielos entre los que son hijos de la vida, aunque sus palabras suenen como las de un ángel.

Fiel. –Por eso, al principio me agradó tanto su compañía; pero ahora que he descubierto el pie que calza, ya me es un fastidio. ¿Qué podemos hacer para deshacernos de él?

Cristiano. –Si haces lo que te voy a decir, verás como pronto será él mismo quién se aburrirá de tu compañía se aparte de ti, a no ser que Dios toque su corazón y se convierta.

Fiel. –¿Qué propones que haga?

Cristiano. –Acércate a él y háblale sobre el poder de la fe; y cuando te haya dicho que está totalmente de acuerdo (pues eso es lo que hará), pregúntale indirectamente si eso es lo que él practica en su corazón, en su casa y en su vida.

Entonces Fiel, acercándose de nuevo a Locuacidad, le dijo:

Fiel. –¿Cómo vamos?

Locuacidad. –Bien, gracias; aunque yo esperaba que habláramos mucho más.

Fiel. –Hablemos, pues... ¿cómo cree Usted que se manifiesta la gracia salvadora de Dios cuando está presente en el corazón del hombre?

---

[125] Levítico 11.
[126] 1ª Corintios 13:1.
[127] 1ª Corintios 14:7.

Locuacidad. –El poder de la gracia... excelente tema. Pues bien, verá, cuando existe la gracia de Dios en el corazón, en primer lugar, produce en él un gran clamor contra el pecado; en segundo lugar...

Fiel. –Vamos a ver, despacio, despacio. Analicemos cada cosa por separado, una a una. Imagino que lo que usted querrá decir es que produce en el alma un aborrecimiento hacia el pecado.

Locuacidad. –¿Y qué más da? ¿Qué diferencia hay entre clamar contra el pecado y odiarlo?

Fiel. –¡Pues, muchísima! Un hombre, por razones políticas, puede clamar públicamente contra el pecado; y sin embargo tolerarlo en su interior. He escuchado excelentes sermones y elocuentes conferencias clamando contra el pecado desde los púlpitos, y, sin embargo, tanto los predicadores como su auditorio lo han tolerado sin mayores reparos en su corazón, en sus casas y en sus vidas. Con cuánta energía no clamó la mujer de Potifar contra el pecado del adulterio, después de haber tentado a José, acusándole a él y alegando ser la mujer más íntegra y casta del mundo; y, sin embargo, fue ella la que lo solicitó y de buena gana hubiera cometido el pecado si él hubiera consentido en ello. Los clamores de algunos contra el pecado son como los de una madre contra la niña que tiene sobre sus rodillas: la acusa de ser una niña mala y sucia, pero acto seguido, la abraza y besa con el mayor cariño.

Locuacidad. –Parece que quiere usted atraparme con mis propias palabras.

Fiel. –¿Yo? ¡de ninguna manera! ¿por qué iba a hacerlo? Yo no intento atrapar nada, tan sólo trato de poner las cosas en claro. ¿Y cuál es, según usted, lo segundo que demostraría la existencia de la obra de la gracia en el corazón?

Locuacidad. –Un profundo conocimiento de las verdades del Evangelio.

Fiel. –En mi criterio, esto debía haberlo puesto usted en primer lugar. Pero, sea en el primero o en el último, ¡que más da!, pues se trata también de una afirmación falsa, puesto que una persona puede muy bien tener conocimientos ilimitados de las verdades del Evangelio, y sin embargo, carecer de la obra de la gracia en el alma. Más aún, un hombre puede poseer toda ciencia, y, sin embargo, no ser nada, y, en consecuencia, ni tan siquiera hijo de Dios.[128] Cuando Cristo dijo: «¿Sabéis todas estas cosas?», y los discípulos contestaron afirmativamente, les añadió: «Bienaventurados sois si las hacéis».[129] No pone la bienaventuranza en el mero hecho de saberlas, sino en hacerlas;

---

[128] 1ª Corintios 13:2.
[129] Juan 13:17.

porque hay un conocimiento que no va acompañado de acción u obra: «el que conoce la voluntad de su señor y no la hace...»[130]. Puede, por tanto, que un hombre sepa tanto como un ángel, y, sin embargo, no sea genuinamente cristiano; así que la prueba que usted ha dado, es falsa. En realidad, el conocer mucho, es lo que agrada a los habladores y jactanciosos; pero lo que agrada a Dios es el hacer. Esto no quiere decir que el corazón pueda subsistir sin ningún tipo de conocimiento, pues sin él, no vale nada. Pero hay conocimiento y «conocimiento»: hay un conocimiento que se queda en la mera especulación de las cosas, y otro conocimiento que va acompañado de la gracia, de la fe y del amor, y que impulsa al hombre a practicar de corazón la voluntad de Dios. El primero de ellos, satisface plenamente al charlatán; pero el verdadero cristiano sólo se satisface con el segundo: «Dame entendimiento y guardaré tu ley, y la observaré de todo corazón».[131]

Locuacidad. –Veo que de nuevo está usted acechando mis palabras y nada más; hacer esto no creo que sea para edificación.

Fiel. –Bueno, no se enfade conmigo; le propongo que busquemos otra señal de cómo se manifiesta la obra de la gracia allá donde existe.

Locuacidad. –¡No, no!; déjelo, es inútil, pues veo que no vamos a entendernos ni ponernos de acuerdo.

Fiel. –Como usted desee, pero si no quiere analizarlo, lo haré yo.

Locuacidad. –Puede usted hacer lo que guste.

Fiel. –La obra de la gracia en el alma se manifiesta tanto a la propia persona que la posee como a los demás que lo rodean; al que la tiene, de siguiente manera: le da convicción de pecado, especialmente de la corrupción de su propia naturaleza y del pecado de su incredulidad, por el cual es reo de condenación si no halla misericordia de parte de Dios por la fe en Cristo Jesús. La conciencia y el sentimiento de estas cosas producen en él dolor y vergüenza a causa de su pecado.[132] Además, descubre, revelado en sí mismo, al Salvador del mundo, y ve la absoluta necesidad de unirse a Él de por vida; con lo que inicia el proceso de sentir hambre y la sed de Él, a las cuales está hecha la promesa.[133] Ahora bien; según la fuerza o debilidad de la fe en su Salvador, así es su gozo y su paz, así es su amor a la santidad, así son sus deseos de conocer a su Señor más y también de servirle en este mundo. Sin embargo, aunque, como le he dicho, así es como se manifiesta. Lo cierto es que pocas veces llegamos a conocer que se trata de la obra de la gracia, porque, bien sea a causa de nuestra corrupción, bien

[130] Lucas 12:47.
[131] Salmo 119:34.
[132] Jeremías 31:19; Juan 16:8; Romanos 7:24; Gálatas 2:16.
[133] Mateo 5:6.

debido a nuestra razón torcida, nuestra mente va desorientada en esta materia, y por tanto, aquél que tiene la obra de la gracia en su corazón, necesita de un muy sano juicio, antes de que pueda inferir con certeza que se trata de obra de la gracia.[134]

A los que le rodean, se les descubre de la manera siguiente:

1.º Por medio de una confesión pública y práctica de su fe en Cristo.

2.º Por medio de una vida ajustada a esa confesión, a saber, una vida de santidad: santidad en el corazón, santidad en la familia (si la tiene) y santidad en su conducta y trato con los demás. Esta santidad, por lo general, le enseña a aborrecer, en su interior, su propio pecado, y a aborrecerse también a sí mismo en secreto por causa de él; a suprimirlo en su familia, y a promover la santidad en el mundo, no sólo por sus palabras, como puede hacerlo fácilmente un hipócrita o un charlatán, sino mediante una sujeción práctica, en fe y en amor, al poder de la Palabra.[135] Ahora bien, señor mío; si tiene usted algo que objetar a esa breve descripción de la obra de la gracia, o a las maneras en que se manifiesta al que la tiene y a los que le rodean, está usted en plena libertad de plantearlo; de lo contrario, pasaré a formularle una segunda pregunta.

Locuacidad. –No señor; no tengo nada que objetar, prefiero escuchar; exponga usted su segunda pregunta.

Fiel. –Pues es ésta: ¿Ha experimentado usted en sí mismo esta primera parte de mi descripción? ¿Dan testimonio de ello su vida y su conversación? ¿O su cristianismo se apoya más bien en las palabras o en la lengua que en el hecho y la verdad? Y le suplico, si está usted dispuesto a contestarme sobre esto, que no pronuncie usted una sola palabra más que aquellas a las que Dios desde el cielo pueda dar un Amén y su propia conciencia pueda justificar. «Porque no el que se alaba a sí mismo el tal es aprobado, más aquél a quien Dios alaba.»[136] Además, es una iniquidad afirmar a la ligera «yo soy de esta o de la otra manera», cuando su conversación y su vida y el testimonio de sus vecinos lo desmienten.

Locuacidad (Empezando a sonrojarse, pero recobrándose muy pronto.). –Ahora apela usted a la experiencia, a la conciencia y a Dios para acorralarme y justificar lo que ha dicho; no esperaba yo esta manera de discurrir. Por mi parte no estoy dispuesto a contestar a tales preguntas, porque no me considero obligado a ello, a no ser que usted ejerza

---

[134] Hebreos 4:12; Mateo 5:6.

[135] Job 42:5,6; Mateo 5:8; Juan 14:15; Romanos 10:9,10; Filipenses 1:17.

[136] 2ª Corintios 10:18.

el oficio de inquisidor, y aun entonces me reservo el derecho de no aceptarle a usted por juez. ¿Pero querrá usted decirme con qué objeto me hace tales preguntas?

Fiel. –Porque le he visto muy dispuesto a hablar, y me temo que en usted no haya más meras ideas sin acciones, palabras sin obras; y además, para serle sincero y decirle toda la verdad, he oído decir de usted que es un hombre cuya religión consiste en palabras que luego son desmentidas por su conducta. Se dice que es usted una mancha entre los cristianos, que deja usted muy mal parada la fe cristiana a causa de su impía conversación y el mal testimonio de su vida; que ya ha sido usted causa de que algunos hayan tropezado, y que muchos más corren el peligro de arruinar su vida ¡por seguir los malos caminos a los que usted los encamina! En usted, la religión y la taberna, la avaricia, la impureza, la maledicencia, la mentira y las malas compañías, todo está mezclado en una amalgama fatal. Y a ciencia cierta, se le puede aplicar aquello que se dice de las prostitutas: que son la vergüenza de su sexo; del mismo modo, es usted la vergüenza de todos los que profesan la fe cristiana.

Locuacidad. –Veo que es usted propenso a prestar oídos a chismes, y que forma y emite sus juicios con mucha precipitación; por consiguiente, considerando que debe ser usted algún fanático exaltado, mejor me despido de usted. Que lo pase bien.

En esto, acercándose Cristiano a su compañero, le susurró al oído:

–Ya te dije lo que iba a suceder; tus palabras y las concupiscencias de ése eran incompatibles; prefiere abandonar tu compañía a reformar su conducta. ¡Allá siga por su camino, enhorabuena!; él es quién más sale perdiendo; nos ha ahorrado la molestia de tener que despedirlo. Además, de haber continuado con nosotros, hubiera sido para nosotros una mancha, y el apóstol bien nos advierte: «Apartaos de los tales».[137]

Fiel. –Sin embargo, me alegro de haber mantenido con él este breve conversación; tal vez le haga reflexionar y sino ahora en alguna ocasión vuelva a pensar en ello; yo, por mi parte, le he hablado con toda sinceridad, así que quedo limpio de su sangre, si perece.

Cristiano. –Hiciste bien en hablarle con tanta claridad. Por desgracia, hoy en día hay muy poca sinceridad en el mundo en el trato entre los hombres, y esto hace que la religión resulte tan repulsiva a muchos. Estos necios charlatanes, cuyo cristianismo es únicamente palabrería, pues son corruptos y vanos en su conversación, al presentarse ante los ojos del mundo como cristianos y ser admitidos en la compañía de los piadosos, dejan perplejos a muchos, manchan la imagen del cristianis-

---

[137] Romanos 16:17; 2ª Tesalonicenses 3:6.

mo y causan mucho dolor a los cristianos sinceros. Ojalá que todos los trataran como tú lo has hecho, pues de este modo buscarían estar un poco más en armonía con la verdadera fe, o bien se verían obligados a retirarse de la compañía de los santos.

¡Qué jactancia tenía Locuacidad! ¡Con qué orgullo y soberbia se inflaba y desplegaba la cola como un pavo real! ¡Qué presunción tan necia la suya de querer arrollar con sus palabras todo lo que se le pusiera por delante! Mas apenas Fiel empezó a confrontarle con la sinceridad de la fe, de su indispensable influencia en la vida y en la conducta del creyente, hizo como la luna menguante, se fue eclipsando poco a poco hasta desaparecer del todo. Esto mismo sucederá a todo aquel que no sea sincero en su profesión de cristiano y que no sienta la influencia de la fe en el alma.

Así caminaban, hablando de los personajes que habían encontrado a lo largo de su viaje, y de esta manera, el camino, que de otro modo se les hubiera hecho largo y fatigoso, porque pasaban precisamente a través de un desierto, se les hacía más llevadero.

CAPÍTULO XIII

Evangelista sale otra vez al encuentro de los peregrinos y los prepara para nuevas experiencias. Entran en la Feria de Vanidad, y la gente se burla de sus vestidos, de su lenguaje y de su conducta. Son perseguidos, y Fiel es juzgado y ejecutado.

No habían acabado de salir de este desierto, cuando Fiel, volviendo su mirada hacia atrás, vio venir a uno, a quien pronto reconoció, por lo que dijo a su compañero:

–Mira quién viene por allí.

Cristiano, miró y dijo:

–¡Pero si es mi buen amigo Evangelista!

–Sí -dijo Fiel-, y mío también, porque él fue quien me encaminó a la puerta estrecha. En esto que Evangelista llegó hasta donde estaban y les saludó diciendo:

Evangelista. –Paz sea con vosotros, amadísimos, y paz con los que os ayuden.

Cristiano. –Bienvenido, bienvenido, mi buen Evangelista; ver tu rostro me recuerda tu bondad y tus incansables esfuerzos por mi bien eterno.

Fiel. –Sí, mil veces bienvenido, ¡oh dulce Evangelista! ¡Cuan deseable es tu compañía para estos pobres peregrinos!

Evangelista. –¿Cómo os ha ido, amigos míos, desde nuestra última separación? ¿Qué habéis encontrado en el camino y cómo os habéis portado?

Entonces, Cristiano y Fiel, le narraron cuanto les había sucedido en el camino, y cómo y con cuánta dificultad habían llegado hasta donde estaban.

–Mucho me alegro -dijo Evangelista-, no de que os hayáis encontrado con pruebas, sino de que hayáis salido vencedores de ellas; y de que, a pesar de vuestras muchas flaquezas, hayáis continuado en el camino verdadero hasta el día de hoy. Y me alegro de esto tanto por vosotros como por mí: yo he sembrado y vosotros habéis recogido, y viene el día cuando «el que siembra y el que siega gozarán juntos»;[138] esto es, si os mantenéis firmes, «porque a su tiempo segaréis si no hubiereis desmayado».[139] Delante de vosotros está la corona, y es una corona incorruptible, «corred de tal manera que la obtengáis».[140] Algunos hay que se ponen en camino para alcanzar esta corona, y después de haber avanzado un buen trecho, alguien se interpone y se la arrebata. Retened, pues, lo que ya tenéis, para que ninguno os quite vuestra corona; pues todavía no estáis fuera del alcance de Satanás; «todavía no habéis resistido hasta la sangre combatiendo contra el pecado».[141] Mantened siempre la imagen del reino delante de vuestros ojos, y creed firmemente en las cosas invisibles. No dejéis que nada del lado de acá, del mundo, invada vuestro corazón; y, sobre todo, velad bien sobre vuestras mentes y sus concupiscencias, porque sus impulsos son «engañosos sobre todas las cosas y perversos»;[142] afirmad vuestra voluntad, vuestros rostros como un pedernal,[143] pues tenéis de vuestro lado todo poder en el cielo y en la tierra.

Cristiano le dio entonces las gracias por su exhortación, y le rogó que les enseñase todavía más cosas que les ayudaran en lo que les quedaba de camino, y tanto más cuanto que sabían que era profeta y podía decirles algunas de las cosas que les habrían de suceder, y cómo podrían resistirlas y vencerlas. Lo mismo le rogó también Fiel, y entonces Evangelista prosiguió:

Evangelista. –Hijos míos, habéis leído en la Palabra de Verdad del Evangelio, que «por muchas tribulaciones es menester que entremos en el reino del cielo»;[144] y también que «en cada ciudad os esperan prisiones y persecuciones»,[145] y, por tanto, debéis esperar que muy pronto, en vuestro camino, las encontréis en una u otra forma. En parte ya la habéis encontrado, y las que os quedan, no tardará en venir, porque, según podéis ver, casi estáis fuera de este desierto y, por tanto, llegaréis pronto a una ciudad, que está muy próxima, en la cual los enemigos os acometerán y se esforzarán por mataros. Tened, además, por cierto, que uno de vosotros o tal vez los dos, tendréis que sellar vuestro testimonio con sangre; pero sed fieles hasta la muerte, y el Rey os dará una corona de vida. El que allí muera, aunque su muerte será penosísima y sus padecimientos tal vez muy grandes, tendrá, sin embargo, mejor

---

[138] Juan 4:36.
[139] Gálatas 6:9.
[140] 1ª Corintios 9:24-27.
[141] Hebreos 12:4.
[142] Jeremías 17:9.
[143] Isaías 50:7.
[144] Hechos 14:22.
[145] Hechos 20:23.

suerte que su compañero, no sólo porque habrá llegado antes a la ciudad celestial, sino porque así se librará de muchas miserias, que aún encontrará el otro en lo que le resta de su camino. Pero cuando hayáis llegado a la ciudad y encontréis cumplido lo que aquí os anuncio, acordaos entonces de vuestro amigo: portaos con valentía, y «encomendad vuestras almas a Dios, como a fiel Creador, haciendo el bien».[146]

Entonces, vi en mi sueño que apenas habían salido del desierto, cuando vieron delante de sí una población, cuyo nombre es Vanidad, y en la cual se celebra una feria, llamada la Feria de Vanidad, que dura todo el año. Lleva este nombre porque la ciudad donde se celebra es más liviana que la Vanidad, y también porque todo lo que allí concurre y allí se vende es vanidad, según el dicho del sabio: todo es vanidad.[147]

Esta feria, no es nueva, sino muy antigua. Voy a declararos cuál fue su origen:

Hace casi cinco mil años había ya peregrinos que se dirigían a la ciudad celestial, como lo hacen ahora Cristiano y Fiel; apercibido entonces Beelzebú, Apollyón y Legión, con todos sus compañeros, por la dirección que estos peregrinos llevaban, que les sería forzoso pasar por medio de esta ciudad de Vanidad, se convinieron para establecer en ella una feria, en la cual se vendería toda especie de vanidad, y duraría todo el año. Por eso, en esta feria, se encuentran toda clase de mercancías: casas, tierras, negocios, empleos, honores, ascensos, títulos, países, reinos, concupiscencias y placeres; y toda clase de delicias, como son rameras, esposas, maridos, hijos, amos, criados, vidas, sangre, cuerpos, almas, plata, oro, perlas, piedras preciosas y muchas cosas más.

En ella se encuentran también, constantemente, truhanerías, engaños, juegos, diversiones, arlequines, bufones, bribones y estafadores de toda especie.

Y no acaba aquí la cosa: allí se ven también, y eso de balde, robos, muertes, adulterios, falsos juramentos; pero no cualesquiera, sino hasta los de color más subido.

Como en otras ferias de no tanta importancia, ésta se organiza y distribuye en calles y travesías destinadas a mercancías especiales. Algunas de estas calles y pasadizos llevan el nombre de reinos y países especiales, donde están expuestos géneros peculiares que de ellos proceden: calle de España, de Francia, de Italia, de Alemania, de Inglaterra, etc. Pero como en todas las ferias, hay siempre un género que prevalece más que otro, así, también en ésa, el de Roma, es el que

---

[146] 1ª Pedro 4:19.

[147] Eclesiastés 1:2,14; Isaías 40:17.

priva por encima de todos los demás, sólo que en la calle de la nación inglesa y en algunas otras, se han disgustado bastante con él, y tratan de hacerle competencia.

Pues bien; el camino a la ciudad celestial, pasa precisamente por la mitad de esta población, y al que quisiera ir a la ciudad celestial sin pasar por ella, le sería necesario salir de este mundo.[148]

El mismo Príncipe de los príncipes, cuando estuvo en el mundo, tuvo que pasar por esta población para llegar a su propio país; tuvo también que recorrer la feria; y, según creo, el mismo Beelzebú, que era entonces señor de ella, le invitó, en persona, a comprar de sus vanidades; y aun más, le ofreció la posibilidad de hacerlo dueño y señor de toda la feria, con sólo que le hubiese hecho una reverencia al pasar por la población. Como era persona de tanta categoría, Beelzebú, le condujo de una en otra calle, y en un instante de tiempo, le mostró todos los reinos de este mundo, por ver si conseguía seducir al Bendito a comprar algunas de sus vanidades; pero Él, a ninguna de ellas tuvo apego, y salió de la ciudad sin gastar siquiera un centavo en sus vanidades.[149] Esta feria, pues, es muy antigua y goza de mucho prestigio.

Por esta feria era menester que Fiel y Cristiano pasasen, y, efectivamente, así lo hicieron. Pero, apenas se apercibieron de su presencia, todos los habitantes se agolparon a su alrededor y hubo un gran alboroto por su causa. Voy a contar las razones de ello:

1. Siendo el vestido de los peregrinos muy diferente al de los habitantes de la ciudad y los que comerciaban en aquella feria, la gente no se cansaba de mirarlos; unos decían que eran unos extravagantes, otros que estaban locos, otros que eran extranjeros.[150]

2. Y si mucho se maravillaban de sus vestidos, no menos se asombraban de su lenguaje, porque eran pocos los que lograban entenderlos. Naturalmente, hablaban el idioma de Canaán, y la gente de la feria hablaba el de este mundo; así que, mientras iban de un lado a otro de la feria, eran considerados como extraños y advenedizos.[151]

3. Pero lo que más les asombró y molestó a los comerciantes, era que estos peregrinos hacían muy poco caso de sus mercancías; ni aun se tomaban siquiera la molestia de mirarlas, y si les llamaban invitándoles a comprar, tapándose los oídos, exclamaban:

---

[148] 1ª Corintios 5:10.
[149] Lucas 4:5-8.
[150] Job 12:4.
[151] 1ª Corintios 2:7,8.

–Aparta mis ojos para que no vean la vanidad.[152] Y enseguida miraban hacia arriba, como dando a entender que sus negocios estaban únicamente en el cielo.[153]

Uno de los comerciantes, queriendo mofarse de los peregrinos, les dijo en son de burla:

–¿Qué queréis comprar? -Y ellos, mirándole con ojos serios, le dijeron:

–Compramos la verdad.[154]

Esta respuesta fue motivo de nuevos desprecios; unos se burlaban de ellos, otros los insultaban, unos terceros los escarnecían, y no faltó quien propusiese apalearlos. Finalmente, la situación se descontroló y las cosas llegaron a tal extremo, que hubo tan gran tumulto en la feria, que se alteró por completo el orden en toda la ciudad. Entonces, se dio parte de ello al principal, el cual, personándose en el lugar del suceso, encargó a algunos de sus secuaces de confianza que detuvieran e interrogaran a esos extraños sujetos que habían sido la causa del alboroto.

Fueron conducidos, pues, a dependencias judiciales donde les preguntaron de dónde venían, a dónde iban y qué hacían allí vestidos con un traje tan extraño.

–Somos peregrinos en el mundo -contestaron-, y nos dirigimos a nuestra patria, que es la Jerusalén celestial.[155] No hemos dado ocasión alguna a los habitantes de la ciudad, ni tampoco a los feriantes, para atropellarnos de esa manera y detenernos en nuestro viaje; tan sólo hemos contestado, a los que nos presionaban para que compráramos, que nosotros sólo queríamos comprar la verdad.

Sin embargo, no atendiendo a razones, el tribunal dictaminó que estaban locos y habían acudido a la ciudad únicamente con la intención de perturbar el orden de la fiesta, por lo que los ataron, los apalearon con dureza, y, llenándolos de inmundicia, los encerraron en una jaula colocándolos para que sirvieran de espectáculo a todos los hombres de la feria; allí quedaron por un buen tiempo, convertidos en el blanco de la diversión, malicia o venganza de cualquiera. En esto, el principal de la feria, se reía satisfecho de su hazaña; pero, al propio tiempo, algunos de los habitantes de la ciudad, algo más observadores y más justos que los demás, viendo que eran inocentes y que reaccionaban al castigo impuesto no devolviendo maldición por maldición, sino antes por el contrario, bendiciones; que contestaban

---

[152] Salmo 119:37.
[153] Filipenses 3:20,21.
[154] Proverbios 23:23.
[155] Hebreos 11:13-16.

a los insultos con buenas palabras y devolvían favores por injurias; empezaron a enfrentarse con el vulgo, a contenerlo y a reprenderlo por sus injustificados abusos y atropellos. Entonces, el principal de la feria, irritado, se volvió contra ellos, acusándolos de ser tan malos como los que estaban en la jaula; y dando a entender su sospecha de que se trataba de aliados, los amenazó con las mismas penas. Pero la réplica de ellos fue enérgica:

–Esos peregrinos -dijeron- son pacíficos y sobrios, en lo que hemos podido ver, y no intentan hacer mal a nadie; muchos de los feriantes merecerían ser puestos en la jaula y en el cepo mejor que esos pobrecitos, de quien habéis abusado tanto.

Las discusiones se prolongaron largo rato, mientras los pobres presos se comportaban con toda sabiduría y templanza, hasta que finalmente sus defensores y sus detractores se llegaron a las manos y se herían unos a otros. Entonces sacaron a los presos de la jaula y los condujeron de nuevo ante el tribunal, acusándoles esta vez de haber provocado una batalla campal entre los asistentes a la feria. En consecuencia, los apalearon de nuevo hasta dejarlos medio muertos, los cargaron de cadenas, y en ese lamentable estado, encadenados, los pasearon por toda la feria, para escarmiento y terror de los demás, a fin de que nadie cayera de nuevo en la debilidad de salir en su defensa o de juntarse con ellos. Pero Cristiano y Fiel se portaron en todo momento con gran sabiduría, y soportaban la ignominia y la vergüenza a que se les exponía con tanta mansedumbre y paciencia, que se ganaron el favor de unos cuantos de los hombres de la feria (aunque por cierto, fueron relativamente muy pocos). Esto exasperó todavía más a sus enemigos, que para acabar definitivamente con el problema, resolvieron darles muerte. De modo que les informaron que, no habiendo bastado las jaulas, cadenas ni apaleamientos para que cambiaran de actitud, serían juzgados y posiblemente condenados a muerte por el delito que habían cometido de haber engañado a algunos componentes de la feria. Los encerraron otra vez en la jaula y sujetos por un cepo, quedaron a la espera del juicio.

Entonces, Cristiano y Fiel se acordaron de lo que Evangelista les había dicho, y este recuerdo los confirmó tanto más en su camino y les infundió valor ante los sufrimientos que se les avecinaban, en tanto que ya les habían sido anunciados. También se consolaban mutuamente con el pensamiento de que, el que más sufriese, llevaría la mejor suerte, por lo cual ambos deseaban en secreto tener la preferencia; mas siempre poniéndose en manos de Aquél que desde lo alto dispone todas las cosas con sabiduría y acierto. Así continuaron hasta que se resolviese el caso.

Llegado el día, fueron presentados ante los jueces y acusados en público. El nombre del juez era el excelentísimo señor Odio-a-lo-bueno. Su acusación, en el fondo, fue la misma que anteriormente, aunque algo distinta en la forma, pues los cargos que contenía eran los siguientes: «Que eran enemigos y perturbadores del comercio y que habían producido altercados y divisiones entre los habitantes de la ciudad, tratando de ganar partidarios a sus peligrosísimas ideas, en desacato a la ley establecida por príncipe de la ciudad».

Fiel, solicitó la venia para defenderse, y dijo:

—En cuanto a mis ideas, sólo admito que me he opuesto al que se había levantado primero en contra de Aquél que es superior a todo ¡el más Alto! En cuanto a los disturbios, yo no los he promovido, soy un hombre de paz; los hombres de la ciudad que salieron en nuestra defensa, lo hicieron convencidos de nuestra inocencia, de la que habían sido testigos y de la injusticia de la que éramos objeto; y con ello no han hecho más que pasar de un estado peor a otro algo mejor. Y por lo que atañe al príncipe de quien habláis, que es Beelzebú, es enemigo declarado de nuestro Señor, por tanto, yo le desafío a él y a todos sus secuaces.

Entonces se hizo un pregón por toda la ciudad para que aquellos que tuvieran algo que decir en favor de su señor, el rey de la ciudad, y en contra de los reos, compareciesen ante el tribunal y aportasen su testimonio. Se presentaron tres testigos para acusarles, a saber: Envidia, Superstición y Adulación. Interrogados acerca de si conocían al reo, y sobre lo que tenían que decir contra él y en pro de su señor el rey de la ciudad, se adelantó Envidia, y dijo:

Envidia. —Excelentísimo señor: conozco a este hombre desde hace mucho tiempo, y atestiguaré, bajo juramento, delante de este tribunal, que es...

Juez. —Esperad. Primero debéis prestar el juramento.

Hecho esto, Envidia prosiguió diciendo:

—Señor: este hombre, a pesar de su buen nombre, es de los seres más viles, pues no tiene respeto alguno a nuestro príncipe ni a nuestro pueblo; no acata ninguna ley ni costumbre, sino que hace todo lo posible para inculcar en todos sus pérfidas ideas de rebelión, que por lo general, él llama principios de fe y santidad. Concretando más, yo mismo he escuchado decir que el Cristianismo y las costumbres de nuestra ciudad de Vanidad son diametralmente opuestos, y que no podían, en manera alguna, reconciliarse entre si; con lo cual, excelentísimo señor, no tan sólo condena nuestra honorable forma de vida, sino que también insulta y condena los que la seguimos.

Juez. —¿Tenéis algo más que añadir?

Envidia. –Mucho más podría decir si no fuera porque con ello temo hacerme pesado y molesto. Sin embargo, si es preciso, cuando los otros señores hayan aportado su testimonio, a fin de que no falten razones para condenarle, estoy dispuesto a extender mi declaración.

Juez. –Podéis retiraros.

Llamaron luego a Superstición y le mandaron que mirase al reo a la cara y dijese lo que supiera contra él y a favor del rey de la ciudad. Le tomaron juramento, y empezó así:

Superstición. –Excelentísimo señor: no conozco mucho a este hombre, ni tampoco lo deseo. Sin embargo, esto es lo que sé. Por una conversación que tuve con él en esta ciudad, me consta que es extremadamente peligroso. Le oí decir que nuestra religión era vana, y que con ella nadie podía agradar a Dios; de lo cual, señor, sabéis muy bien lo que necesariamente se desprende, a saber: que todavía ofrecemos culto en vano; que estamos todavía en nuestros pecados y que, al fin, hemos de ser condenados. Esto es lo que tengo que decir.

Entonces se tomó juramento a Adulación y se le mandó decir lo que supiera contra el reo.

Adulación. –Excelentísimo señor, y vosotros señores que formáis parte del tribunal: conozco desde hace mucho tiempo a este acusado, y le he escuchado decir cosas que nunca deben decirse, porque ha injuriado a nuestro noble príncipe Belcebú, y ha hablado con desprecio de sus ilustres amigos el señor Hombre-Viejo, el señor Deleite-Carnal, el señor Comodidad, el señor Deseo-de-Vanagloria, el anciano señor Lujuria, el caballero Gula, y todos los demás miembros de nuestra nobleza. Ha dicho, además, que si todos los hombres pensaran como él, por lo que de él depende, trataría de que no quedara ni uno de estos nobles en la ciudad. Más aún, no ha tenido reparo en injuriar a vuestra señoría, a quién ha llamado bribón e impío; y con otros términos igualmente injuriosos y despreciativos, ha vilipendiado a la mayor parte de los personajes ilustres de nuestra ciudad.

Cuando Adulación hubo concluido su declaración, el juez se dirigió al reo, diciendo:

–Vamos, renegado, hereje, traidor: ¿has oído lo que estos respetables señores han testificado contra ti?

Fiel. –¿Se me permite decir unas cuantas palabras en mi descargo?

Juez. –¡Ah, malvado! No mereces seguir viviendo un instante más; mereces morir en el acto; sin embargo, para que todos sean testigos de nuestra ecuanimidad, bondad y clemencia para contigo, habla, ¿qué es lo que puedes decir en tu defensa?

Fiel. –Digo, en respuesta a lo que el señor Envidia ha testificado contra mí, que yo no he dicho nunca otra cosa que lo siguiente: que cualquier norma o regla, cualesquiera leyes, costumbres o personas, que estén directamente en contra de la Palabra de Dios, son diametralmente opuestas al Cristianismo. Si esto no es verdad, probadme mi error, y dispuesto estoy aquí mismo, delante de vosotros, a retractarme de mi afirmación.

En cuanto al segundo de los que me han acusado, el señor Superstición y a sus cargos contra mí, debo aclarar que lo que yo he dicho, en realidad, es lo siguiente: que en el culto a Dios es necesaria una fe de procedencia divina, pues la fe es un don de Dios y no puede existir sin una revelación divina de la voluntad de Dios; por tanto, todo lo que forme parte del culto a Dios que no sea conforme con la revelación divina, está claro que no puede tener otra procedencia que la de una fe humana, y esta fe de procedencia humana no será valedera para la vida eterna.

Con respecto al señor Adulación (y pasando por alto lo que ha dicho sobre injurias y cosas parecidas), digo que el príncipe de esta ciudad, con todos sus secuaces que le acompañan y a quienes él mismo ha mencionado, tienen mejor cabida y pertenecen más al infierno que a esta ciudad y a este país. Y no digo más, sino que el Señor tenga misericordia de mí.

Entonces, dirigiéndose el juez a los miembros del Jurado (que durante todo este tiempo habían permanecido callados en su sitio, observando y escuchando), dijo:

–Señores componentes del jurado, ya veis a este hombre, que ha provocado un gran alboroto en nuestra ciudad; acabáis de escuchar lo que estos dignos caballeros han testificado contra él; también habéis escuchado su réplica y su confesión implícita. Ahora, a vosotros corresponde declararle culpable o inocente, condenarle o absolverle; mas antes juzgo conveniente instruiros en nuestra Ley:

«En los días de Faraón el Grande, siervo de nuestro príncipe, y para prevenir que se multiplicasen los de una religión contraria a la nuestra y se hiciesen demasiado fuertes, se publicó contra ellos un decreto, mandando que todos sus niños varones fuesen arrojados al río.[156]

En los días de Nabucodonosor el Grande, también siervo suyo, se publicó otro decreto, ordenando que todos los que no quisieran doblar la rodilla y adorar su imagen de oro, fuesen arrojados a un horno de fuego.[157]

En los días de Darío, se publicó también otro edicto, prescribiendo que cualquier persona que, dentro de un plazo, invocase a otro dios que a él, fuese arrojado al foso de los leones».[158]

---

[156] Éxodo 1:22.
[157] Daniel 3:6.
[158] Daniel 6:7.

Ahora, la esencia de todas estas leyes, ha sido quebrantada por este rebelde, no sólo en pensamiento (que ni aún esto debe permitirse), sino también por palabra y obra; ¿acaso puede esto tolerarse?

«Porque en lo que hace referencia al decreto de Faraón, hay que tomar en consideración que aquella ley fue hecha, sobre una suposición, con el objeto de prevenir un mal posible, pues lo cierto es que hasta el momento de su promulgación, no se había cometido todavía ningún delito; sin embargo, en el caso que aquí nos ocupa, sí que tenemos una infracción de la Ley probada y demostrada».

«Los casos segundo y tercero, como habéis visto, hacen referencia a los que se oponen a nuestra religión, y en este particular, ya el propio acusado ha confesado su traición, y por tanto es reo de muerte.»

Entonces, los miembros del Jurado, cuyos nombres eran, respectivamente, Ceguedad, Injusticia, Malicia, Lascivia, Libertinaje, Temeridad, Altanería, Malevolencia, Mentira, Crueldad, Odio-a-la-luz e Implacable, se retiraron a deliberar. Cada uno de ellos dio, individualmente, su opinión en contra de él, y después, acordaron, por unanimidad, declararle culpable ante el juez.

Ceguedad, que era presidente del Jurado, dijo en primer lugar:

–Veo claramente que este hombre es un hereje.

–Echemos fuera de este mundo a semejante bribón -opinó Injusticia.

–Sí -añadió el señor Malicia-, porque aborrezco todo su aspecto.

–Por mi parte, no lo soporto, nunca le he podido sufrir -dijo el señor Lascivia.

–Ni yo -confirmó el señor Libertinaje-, porque siempre se empeñaba en condenar mi modo de vivir.

–A la horca, a la horca con él -sentenció el señor Temeridad.

–Es un miserable -añadió el señor Altanería.

–Mi corazón se subleva contra él -observó el señor Malevolencia.

–Es un pillo -afirmó el señor Mentira.

–Se le hace demasiado favor con ahorcarle -comentó el señor Crueldad.

–Despachémosle cuanto antes -propuso el señor Odio-a-la-luz.

Y para concluir, el señor Implacable, apostilló:

–Ni aún por todo el oro del mundo accedería a reconciliarme con él; declarémosle, pues, de una vez, digno de muerte.

Y así lo hicieron. Sin pérdida de tiempo se le condenó a ser conducido al lugar donde había estado en un principio, y allí ser ajusticiado con la muerte más cruel que se pudiera inventar.

Le sacaron, pues, para hacer con él según la ley de ellos; y primero le azotaron, luego le abofetearon, le cortaron la carne con cuchillos, después le apedrearon y le hirieron con sus espadas, y finalmente le redujeron a cenizas en una hoguera. Así fue el final de Fiel.

Sin embargo, detrás de la multitud enardecida, yo pude ver un carro resplandeciente tirado por dos veloces caballos que le esperaban; y tan pronto como sus adversarios le hubieron despachado y le dieron muerte, fue arrebatado en el carro hacia las nubes, al son de trompetas, derecho hacia la puerta celestial.

En cuanto a Cristiano, decidieron demorar su castigo y le devolvieron a su celda, donde permaneció todavía por algún tiempo. Pero Aquél que todo lo dispone y tiene en su mano el poder sobre la ira de ellos, dispuso que Cristiano escapase nuevamente. Así que, prosiguió su camino, cantando:

> *¡Con qué valor, oh Fiel, has profesado*
> *tu fe en Jesús, con quien serás bendito*
> *mientras sufra, el incrédulo obstinado,*
> *la pena que merece su delito!*
> *Tu nombre, por morir cual buen soldado,*
> *con letras indelebles queda escrito;*
> *pues si en el mundo y para el mundo mueres,*
> *gozas eterna vida de placeres.*

CAPÍTULO XIV

Cristiano encuentra un excelente compañero en Esperanza, y ambos, inflamados del amor de Dios, resisten a los sofismas sutiles de varios sujetos que encuentran en su camino.

Entonces vi en mi sueño que Cristiano no había salido de la ciudad solo, sino que iba acompañado de Esperanza; un joven que había decidido ser como ellos y seguirles al ver la conducta de Cristiano y Fiel, al oír sus palabras y presenciar sus sufrimientos en la feria. Esperanza se juntó a Cristiano, y entrando con él en pacto fraternal, le prometió que sería su compañero. Así que, a través de la muerte de uno que entregó su vida por dar testimonio de la verdad, de sus cenizas, se levantó otro, dispuesto a ser compañero de Cristiano en su viaje. Y según le comentó Esperanza, en la feria quedaron otros muchos que afirmaron que a la primera oportunidad les seguirían.

Vi, luego, que no habían andado aún mucho camino, cuando alcanzaron a otro, que se llamaba Interés-propio, a quien preguntaron de dónde venía y a dónde se dirigía.

—Vengo -les contestó- de la ciudad Buenas-palabras y me dirijo a la ciudad celestial. Mas no les dijo su nombre.

Cristiano. —¿De Buenas-palabras? ¿Vive allí alguien bueno?

Interés-propio. —Pues claro; ¿quién duda eso?

Cristiano. —¿Tiene usted la bondad de decirme su nombre?

Interés-propio. —Caballero, yo soy un extraño para usted, y usted lo es para mí; así que, si usted va por ese camino y desea que vayamos juntos, me encantará ir en su compañía, de lo contrario, puedo prescindir de ella.

Cristiano. —En alguna ocasión he oído hablar de esa ciudad de Buenas-palabras, y, según dicen, es un lugar de muchas riquezas.

Interés-propio. —Sí, por cierto; le puedo asegurar que las hay, y tengo allí muchos parientes muy ricos.

Cristiano. —¿Me permite usted que le pregunte quiénes son esos parientes?

Interés-propio. —Casi todos los de la ciudad; pero en particular el señor Voluble, el señor Contemporizador, y el señor Buenas-palabras, de cuyos ascendientes tomó su nombre la ciudad. También los señores Halago, Dos-caras, Cualquier-cosa; el Vicario de nuestra parroquia, señor Doble-lengua, que era hermano de mi madre por parte de padre. Para serle sincero, le diré que soy un caballero de muy alto linaje, a pesar de que mi bisabuelo, no era más que un barquero que miraba en una dirección y remaba hacia la opuesta, en cuya ocupación he adquirido yo casi toda mi fortuna.

Cristiano. —¿Está usted casado?

Interés-propio. —Sí, y mi mujer es una gran señora, muy virtuosa, hija de otra señora también virtuosísima, la excelentísima señora doña Astucia, y por tanto, viene de una familia muy respetable. Ha alcanzado tal nivel de cultura que sabe perfectamente cómo comportarse y confraternizar lo mismo con un príncipe que con un mendigo. Debo reconocer que, en materia de religión, diferimos un poco de los creyentes estrictos; pero sólo en dos pequeños detalles concretos, sin mayor importancia. En primer lugar, nosotros nunca batallamos por algo contra viento y marea; y en segundo lugar, sentimos un mayor interés y un mayor celo por la religión cuando ésta se nos presenta con sandalias de plata, y nos gusta mucho acompañarla en público cuando sale a la luz del sol, y la gente lo ve y lo aplaude.

Entonces, Cristiano, se volvió hacia su compañero Esperanza, y le dijo aparte:

—Si no me equivoco, éste es un tal Interés-propio, natural de Buenas-palabras; y si así es, llevamos por compañía al pillo más consumado de todos estos contornos.

—De seguro que no tendrá vergüenza en confesarlo -dijo Esperanza.

Se le acercó, pues, Cristiano otra vez, y le dijo:

—Caballero, usted habla como un gran conocedor del mundo, y si no estoy mal informado, me parece que ya adivino quién es usted. ¿No se llama usted el señor Interés-propio, natural de Buenas-palabras?

Interés-propio. —No, señor; se equivoca, mi nombre no es ése; aunque a decir verdad, ése es el nombre que me aplican injustamente algunos que no me toleran, y tengo que llevarlo resignadamente como un estigma y baldón, como lo han hecho en el mundo otros tantos hombres buenos antes que yo.

Cristiano. —Pero, ¿no será que ha dado usted motivos para que le pongan ese mote?

Interés-propio. —Nunca jamás; lo único que sí he hecho y que pudiera darles motivo es que siempre he tenido la fortuna de que mis criterios hayan coincidido con los del tiempo presente, cualquiera que estos fuesen, y en consecuencia, las cosas siempre me han salido bien. Pero esto debo mirarlo como una gran bendición, y no es justo que por causa de ello algunos malévolos me llenen de reproches.

Cristiano. –Vaya, pues yo había conjeturado que era usted ése de quien había oído hablar, y si he de serle sincero, mucho me temo que, efectivamente, ese nombre le pertenece a usted con más razón de lo que usted pretende que nosotros creamos.

Interés-propio. –Bueno; si eso le complace, no puedo hacer nada para impedirlo; de todos modos, si deciden a admitirme a su lado, podrán comprobar ustedes que en mí tendrán un compañero decente y honrado.

Cristiano. –Pues si quiere venir con nosotros, tendrá usted que remar contra viento y marea, y, según parece, esto no entra en su credo. Además, tendrá que valorar la religión lo mismo en sus andrajos que en su esplendor, y acompañarla lo mismo cuando sufra persecuciones que cuando pasee por las calles con aplauso.

Interés-propio. –No trate usted de imponerme normas ni enseñorearse sobre mis creencias; tengo el derecho a pensar como yo estime conveniente, y sólo con esa condición les acompañaré.

Cristiano. –Entonces... ¡Ni un paso más!, si no se aviene usted en hacer lo que nosotros hagamos.

Interés-propio. –Yo nunca abandonaré mis costumbres y principios históricos, puesto que considero que son inocuos y provechosos. Si usted no me permite acompañarle, haré lo que hacía antes de alcanzarle: andar solito hasta que encuentre alguien que guste de mi compañía.

Entonces vi, en mi sueño, que Cristiano y Esperanza se separaban de Interés-propio, y caminaban por delante de él, manteniendo una prudente distancia. Pero al volver uno de ellos la mirada hacia atrás, vio a tres hombres que seguían al señor Interés-propio, y cuando le hubieron dado alcance, él les hizo una profunda reverencia, siendo objeto por parte de ellos, respuesta, de un cariñoso saludo. Los nombres de tales sujetos eran el señor Apego-al-mundo, el señor Amor-al-dinero y el señor Avaricia, a los cuales Interés-propio conocía desde hacía tiempo, porque se habían educado juntos en la misma escuela del señor Codicioso, en la ciudad de Amor-a-las-ganancias.

Este prestigioso maestro, les había enseñado el arte de adquirir toda clase de bienes y beneficios, fuese con violencia, fraude, adulación, mentira o incluso usando para ello la religión; y los cuatro habían salido alumnos tan aventajados, hasta el punto que cualquiera de ellos, por sí mismo, hubiera podido hacer de maestro y ponerse al frente de dicha escuela.

Después que, como he dicho, se saludaran recíprocamente, Amor-al-dinero preguntó a Interés-propio quiénes eran los dos que iban delante (pues todavía se distinguían a lo lejos las siluetas de Cristiano y Esperanza).

Interés-propio. –Son dos hombres de un país lejano que van de peregrinación a la ciudad Celestial, pero lo hacen a su manera.

Amor-al-dinero. –¡Qué lástima que no se hayan detenido para que pudiéramos ir juntos y disfrutar de su buena compañía, puesto que todos, ellos, usted y nosotros somos peregrinos!

Interés-propio. –Es verdad; pero esos dos que van delante son tan rígidos en su manera de pensar, aman tanto sus propias ideas y tienen en tan poca estima las opiniones de los demás, que, a cualquier otra persona, por piadosa que sea, si no piensa exactamente igual que ellos, la rechazan automáticamente y la despiden de su compañía.

Avaricia. –Mal asunto; ya hemos leído muchas veces acerca de algunos que se creen tan justos y estrictos, que su rigidez les lleva juzgar y condenar a todos menos a sí mismos. Dígame: ¿cuáles y cuántos eran los puntos en que discrepaban de usted?

Interés-propio. –Pues ellos, en su inflexibilidad, concluyen que su deber les obliga a proseguir su camino en cualquier circunstancia, mientras que yo pretendo esperar al viento y la marea favorables; ellos están por arriesgarlo todo por Dios, y yo por aprovechar de todas las ocasiones para asegurar mi vida y mi fortuna; ellos se empeñan en mantener sus ideas, aunque vayan en contra de todos, y yo sigo la religión solo en aquello y hasta donde me lo permitan las circunstancias y mi interés personal; ellos aman la fe cristiana aunque esté circunscrita a un entorno pobre y desgraciado, y yo la prefiero cuando anda en esplendor y rodeada de aplauso.

Apego-al-mundo. –Lo entiendo, y le digo que tiene usted muchísima razón. Yo, por mi parte, considero muy tonto al que, pudiendo guardar y proteger lo que tiene, se comporta de forma tan necia como para arriesgarse a perderlo; seamos astutos como serpientes, y seguemos el trigo cuando esté en sazón. La abeja, permanece quieta disfrutando de su panal durante todo el invierno, y solamente se mueve y sale al exterior cuando puede juntar el provecho con el placer. Dios envía unas veces la lluvia y otras veces el sol; si ellos son tan tontos que quieren caminar incluso bajo la lluvia, contentémonos nosotros con hacerlo en el buen tiempo. Por mi parte, yo también prefiero que la religión sea compatible con la prosperidad, con la posesión y goce de las dádivas de Dios. Porque ya que Dios nos ha otorgado las cosas buenas de esta vida, ¿quién puede ser tan irracional como para imaginarse que el Señor no quiere que las aprovechemos, las mantengamos y disfrutemos de ellas por su causa? Abraham y Salomón se enriquecieron sin dejar de ser por ello hombres de fe.[159] Job, de quién se dice que era un hombre justo y bueno, atesoraba oro como el polvo de la tierra;[160] pero a bien seguro que Job no sería un necio como esos hombres que van delante de nosotros, si son tal como usted los ha descrito.

Avaricia. –Me parece que estamos todos de acuerdo en este punto; no hace falta, pues, que nos ocupemos más de ello.

Amor-al-dinero. –Estoy de acuerdo, pues todo lo que podamos añadir está de más; aquel que se empeña en no querer aceptar ni lo que dice la Escritura ni lo que dicta la razón (y vea usted que ambas cosas están de nuestra parte), ni conoce su propia libertad ni busca su propia seguridad.

Interés-propio. –Amigos míos, todos somos, según se ve, peregrinos, y para que mejor podamos entender y juzgar las cosas, voy a permitirme proponer un tema de debate:

Pongamos el caso de un Pastor de almas, o un comerciante, a quienes se les presenta en la vida la ocasión de mejorar su nivel o su negocio, pero a condición, por lo menos en la apariencia, de tener que quebrantar o pasar por alto algún punto doctrinal que hasta entonces hubiesen defendido; ¿no les sería lícito hacerlo, para conseguir su objetivo, sin dejar por ello de ser personas honradas?

Amor-al-dinero. –Veo el trasfondo de vuestra cuestión, y con el permiso de estos caballeros, voy a tratar de darle respuesta.

En primer lugar, la analizaré en relación al Pastor. Supongamos el caso de un pastor que es un buen hombre, pero que, en el puesto y lugar donde ejerce su ministerio, sus ingresos son muy pequeños; y que se le plantea la oportunidad de marcharse a otro puesto mucho más lucrativo y cómodo, aunque, eso sí, con la condición de que deberá estudiar más, predicar con más frecuencia, hacer más trabajo pastoral, y además, para que la congregación esté contenta, ser un poco más liberal y tener algo más de manga ancha, pasando por alto, con ello, algunos de sus principios mantenidos hasta entonces. Por mi parte, no veo razón alguna para que ese hombre no pueda hacer esto, y todo lo que haga falta, si se le presenta la ocasión y las circunstancias se lo exigen, sin dejar, por ello, de ser un hombre bueno, digno y honrado. ¿En qué me baso para afirmar esto?:

1.º Su deseo de contar con mejores ingresos es totalmente lícito, sin que esto pueda admitir réplica, puesto que es la propia Providencia la que le pone la ocasión por delante de sus ojos; de modo, que, debe

---

[159] Génesis 24:35; 1ª Reyes 10;14-25.
[160] Job 22:24.

aprovecharla si está a su alcance y no se mezclan en ello cuestiones de conciencia.

2.º Además, su deseo de conseguir una posición mejor, que le proporcione mejores ingresos, le hace ser más estudioso, le convierte en un mejor predicador, y le obliga a cultivar más su talento; todo lo cual, a no dudarlo, es absolutamente conforme a la voluntad de Dios.

3.º En cuanto a la necesidad de acomodar sus puntos de vista a los de su congregación, abandonando, en aras de ello, algunos de sus antiguos principios doctrinales, esto supone:

(a) que es un hombre abnegado,
(b) que tiene un espíritu dócil
(c) que actúa con un proceder dulce y atractivo,
(d) todo lo cual le hace más apto para el ministerio pastoral.

Lo que nos lleva a la justa conclusión de que, un Pastor que cambia una congregación humilde y un sueldo pequeño por otra mayor y un sueldo más alto, no debe ser por ello tratado de avaro, sino muy al contrario, puesto que haciéndolo adquiere mayores responsabilidades y mejora sus facultades. Por lo que ha de considerarse que no hace más que seguir los dictados de su vocación y aprovechar la oportunidad, puesta en su mano, de mejorar haciendo el bien.

En cuanto a la segunda parte de la cuestión, es decir, en lo que refiere al comerciante, supongamos que tiene un negocio pequeño y por tanto de posibilidades limitadas; pero que si se hace aparentemente más religioso, eso le dará más prestigio social y en consecuencia la oportunidad de mejorar su suerte, tal vez encontrar una esposa rica u obtener más y mejores clientes.

Por mi parte, no veo razón alguna para que esto no pueda hacerse con toda legitimidad, porque:

1.º Hacerse religioso, es siempre una virtud, sea cual sea el camino que el hombre tome para llegar a serlo.

2.º Buscar una esposa rica, o más y mejores clientes, es algo totalmente lícito.

3.º Además, el hombre que alcanza estos objetivos apegándose a la religión, puede decirse que saca algo bueno de otros que son también buenos, haciéndose con ello bueno él mismo; y con ello consigue muchas cosas, todas ellas buenas: buena esposa, buenos clientes, buenas ganancias, y lo más importante, hacerse más bueno a sí mismo. Por lo tanto, el hecho de hacerse religioso para obtener estos beneficios, es un propósito y una acción justa, buena y provechosa.

Esta reflexión del señor Amor-al-dinero fue muy aplaudida por todos los demás en el grupo, y convinieron unánimes en que era correcta y acertada. Así que, convencidos de que su argumentación no dejaba lugar a réplica alguna, o al menos esto es lo que a ellos les parecía, y siendo que Cristiano y Esperanza se divisaban aún delante, acordaron sorprenderlos con esta cuestión tan pronto como les diesen alcance, y así darles una lección, en tanto que ambos se habían opuesto antes al Sr. Interés-propio. Dieron, pues, voces tras ellos, obligándolos a detenerse y a esperarlos. También acordaron, por motivos de estrategia, que quién plantease la cuestión no fuera Interés-propio, sino Apego-al-mundo, porque, de esta forma, evitarían el recelo y tirantez que se había producido entre ellos al despedirse. En cuanto se juntaron, tras un corto saludo, Apego-al-mundo propuso a Cristiano y Esperanza la cuestión expuesta, retándoles a darle respuesta si es que podían darla.

Entonces Cristiano respondió:

«No yo, sino un niño en la fe, podría contestar a ésta y a mil preguntas como ésta; porque si no es ilícito seguir a Cristo por los panes, como se desprende claramente del texto de Juan 6,26, ¡cuánto más abominable no será servirse de Cristo y de la Iglesia como medio para obtener y gozar de los bienes de éste mundo! Tan sólo los gentiles, hipócritas, demonios y hechiceros pueden estar de acuerdo con semejante opinión.

1.º Los gentiles: así vemos que cuando Hamor y Sichém quisieron poseer la hija y los ganados de Jacob, y veían que no había otro camino para ellos que dejarse circuncidar, dijeron a sus compañeros: "Si se circuncidare en nosotros todo varón, así como ellos son circuncidados, sus ganados y su hacienda, y todas sus bestias serán nuestros".[161] Está bien claro que lo que buscaban eran sus hijas y sus ganados, y la religión no era para ellos más que el medio para llegar a tal fin.

2.º Los fariseos, hipócritas, fueron también religiosos de este mismo estilo. Las oraciones largas eran su pretexto, el devorar las casas de las viudas, su propósito: y por eso, su resultado fue mayor condenación por parte de Dios.[162]

3.º Ésta fue también la religión de Judas: el dinero. Era religioso por la bolsa y el oro que contenía; pero se perdió y fue echado fuera como hijo de perdición.

4.º A la misma teoría estaba también afiliado Simón el Mago, que quería tener y manejar el Espíritu Santo a su antojo para ganar dinero; mas recibió de boca de Pedro la sentencia merecida.[163]

---

[161] Génesis 34:20-24.
[162] Lucas 20:46,47.
[163] Hechos 8:19-22.

5.º Tampoco puedo dejar de mencionar la idea de que aquél acepta la fe con el propósito oculto de utilizarla para ganar el mundo, no tardará en abandonarla cuando lo estime necesario para retener el mundo; porque, tan cierto como que Judas tuvo por objeto ganar el mundo cuando decidió seguir a Jesús, lo es que para retener el mismo mundo vendió su fe al vender a su Señor.

Así que contestar a esa cuestión positivamente, según parece que habéis hecho vosotros, y aceptar las conclusiones que proponéis como buenas, es ser un pagano, hipócrita e hijo perdición, y vuestra recompensa será ajustada y de acuerdo a vuestras obras.»

Ante tal respuesta, se miraron unos a otros sin saber qué contestar. Esperanza, por su parte, movió la cabeza, asintiendo para aprobar la réplica de Cristiano; así que se produjo un profundo y largo silencio.

El señor Interés-propio y sus amigos se detuvieron, con el propósito de dejar que Cristiano y Esperanza se adelantaran, separándose así de ellos. Entonces, Cristiano, dijo a su compañero:

—Si estos hombres son incapaces de sostener sus argumentos ante la réplica de un simple hombre como yo, ¿qué les pasará cuando tengan presentarse ante el tribunal de Dios? Y si los hacen callar los vasos de barro, ¿qué harán cuando sean sorprendidos por las llamas del fuego devorador?

Así, pues, Cristiano y Esperanza, se adelantaron de nuevo, siguiendo su camino hasta llegar a una hermosa llanura llamada Alivio. El tránsito por ella les resultó muy agradable; pero era corta, de modo que, pronto la atravesaron y encontraron al otro lado un pequeño montículo, llamado Lucro, en el cual había una mina de plata. Algunos de los peregrinos que antes habían pasado por allí, movidos por la curiosidad, habían abandonado el camino para visitarla, porque decían que era muy rara; pero a más de uno le había sucedido que, acercándose demasiado al borde del pozo, el terreno que pisaban, que era falso, había cedido, cayendo al pozo, donde murieron; otros no murieron, pero quedaron allí imposibilitados y hasta el día de su muerte no les fue posible recobrar sus fuerzas.

Vi, entonces, en mi sueño, que a poca distancia del camino y cerca de la entrada de la mina, estaba *Demas,* un personaje que se ocupaba de invitar cortésmente a los peregrinos a que se acercaran a la mina para verla. Éste, dijo a Cristiano y a su compañero:

—¡Eh! Venid acá, y veréis una cosa sorprendente.

Cristiano. —¿Qué puede haber aquí tan digno que merezca detenernos y desviarnos de nuestro camino?

Demas. –Aquí hay una mina de plata, donde se puede excavar y sacar un tesoro; si queréis venir, con un poco de trabajo, podréis enriqueceros abundantemente.

Esperanza. –Vamos a verla.

Cristiano. –Yo no. He oído hablar de este lugar y de muchos que han perecido en él; además, ese tesoro es un lazo para los que lo buscan, porque les estorba en su peregrinación.

Entonces gritó Cristiano a Demas, diciendo:

–¿No es verdad que el lugar es peligroso? ¿No ha entorpecido a muchos en su peregrinación?

Demas. –Es peligroso solamente para aquellos que se descuidan y no toman las debidas precauciones; pero esto lo dijo sonrojándose.

Cristiano. –Esperanza, no demos un solo paso en esa dirección; sigamos nuestro camino.

Esperanza. –Seguro que cuando llegue aquí ese señor Interés-propio, si se le hace la misma invitación, se desviará para verla.

Cristiano. –Sin duda, porque sus principios le conducen por ahí, y también es casi seguro que ahí morirá.

Demas. –Vamos, ¿queréis venir para verlo o no?

Cristiano (Negándose resueltamente). –Demas, tú eres enemigo de los caminos rectos del Señor, y ya has sido condenado, por haberte desviado tú mismo, por uno de los jueces de Su Majestad.[164] ¿Por qué procuras involucrarnos en semejante condenación? Además, si nos desviamos en lo más mínimo, de seguro que nuestro Señor el Rey tendrá conocimiento de ello y nos avergonzará allí donde menos queremos ser avergonzados; es decir: delante de él.

Demas. –Yo también soy peregrino como vosotros, y si me esperáis un poco os acompañaré.

Cristiano. –¿Cómo te llamas? ¿No es tu nombre el que te he dado?

Demas. –Sí; mi nombre es Demas, y soy hijo de Abraham.

Cristiano. –Ya te conozco; tuviste por bisabuelo a Giezi y por padre a Judas, y has seguido sus pasos. Es una trampa infernal la que nos tiendes; tu padre se ahorcó por traidor, y no mereces mejor suerte.[165] Te aseguro que cuando lleguemos a la presencia del Rey le informaremos de tu conducta. -Y dicho esto, prosiguieron su camino.

En aquel momento, llegaron Interés-propio y sus compañeros, y a la primera indicación se acercaron a Demas. No puedo, con seguridad, decir si cayeron en el pozo por haberse aproximado mucho a su borde, o si bajaron a él para excavar, o si se ahogaron en el fondo por las exhalaciones que de él suelen desprenderse; pero noté

[164] 2ª Timoteo 4:10.
[165] 2ª Reyes 5:20-27; Mateo 26:14,15; Mateo 27:3-5.

que no volvieron a aparecer en todo el camino. Entonces Cristiano dijo:

–El Señor Interés-propio y Demas se entienden mutuamente; uno llama y el otro responde; su codicia los tiene cegados. ¡Infelices! Así pasa a los que sólo piensan en este mundo, creyendo que no hay otro más allá.

Vi, después, que cuando llegaron los peregrinos al otro lado de la llanura, se encontraron con un antiguo monumento, cuya vista los dejó bastante perplejos por lo extraño de su figura; pues parecía una mujer que hubiese sido transformada en figura de una columna. Aquí, se detuvieron asombrados, y se quedaron por un tiempo, contemplando la estatua cuyo significado no alcanzaban a explicar. Por fin, Esperanza, descubrió un letrero sobre la cabeza de la figura; pero no siendo hombre de letras, llamó a Cristiano para ver si lo descifraba. Cristiano, después de examinar el letrero, halló que decía: «Acuérdate de la mujer de Lot». Ambos concluyeron que debía ser la columna de sal en que fue transformada la mujer de Lot por haber mirado hacia atrás con corazón codicioso, cuando huía de Sodoma.[166] Esta visión repentina y sorprendente les dio ocasión para el siguiente diálogo:

Cristiano. –¡Ah, hermano mío! Muy oportuna es esta visión, sobre todo después de la invitación que nos hizo Demas para visitar la mina del Lucro. Si hubiéramos ido, como él quería, y como también tú, hermano, estabas dispuesto a hacer por lo que vi, nos hubiéramos convertido, también, en un espectáculo para los que vengan detrás.

Esperanza. –Mucho me pesa haber sido tan necio, y me asombra no estar ya como la mujer de Lot, porque, ¿qué diferencia hay entre su pecado y el mío? Ella no hizo más que mirar hacia atrás; yo tuve el deseo de pasar a ver la mina. ¡Bendita sea la gracia preventiva! Me avergüenzo de haber abrigado tal deseo en mi corazón.

Cristiano. –Prestemos atención en lo que aquí vemos para que nos sirva de ayuda en lo sucesivo; esta mujer se libró de un castigo, porque no pereció en la destrucción de Sodoma, y, sin embargo, le alcanzó otro castigo, como estamos viendo: quedó convertida en estatua de sal.

Esperanza. –Bien cierto; y eso debe servirnos de aviso para que evitemos su pecado, y de ejemplo en cuanto al juicio que alcanzará a todos aquellos que no se corrigen con la advertencia. De la misma manera fueron también ejemplo, para que otros aprendiesen, Coré, Datán y Abiram con los doscientos cincuenta hombres que perecieron con ellos en su pecado.[167] Pero más que nada me preocupa una cosa. ¿Cómo pueden Demas y sus compañeros estar allí, tan confiada-

---

[166] Génesis 19:26.
[167] Números 16:31,32; 26:9,10.

mente, buscando ese tesoro, cuando esta mujer, por sólo haber mirado hacia atrás (pues no leemos que se desviara un solo paso del camino), se transformó en estatua de sal? Y aún más, si se considera que el juicio que la alcanzó hizo de ella un ejemplo palpable que entra por los ojos, pues, aunque quieran, no pueden dejar de verla siempre que levantan su vista.

Cristiano. –Es, en verdad, sorprendente, y esto prueba que sus corazones están ya muy cauterizados y desahuciados, y que con quién mejor pueden compararse es con aquellos que roban ante la misma presencia del juez, o con los que asesinan delante de la misma horca. Se dice de los hombres de Sodoma que eran pecadores en gran manera, porque lo eran «delante de Jehová»; es decir, ante sus mismos ojos, y a pesar de las bondades que les había prodigado, porque la tierra de Sodoma era como el antiguo huerto de Edén.[168] Esto, pues, le provocó tanto más la ira e hizo que su castigo fuese tan ardiente como pudiera serlo el fuego del cielo. Y es muy razonable concluir que, hombres como éstos, que se empeñan en pecar abiertamente ante la vista y a despecho de tales ejemplos que se les ponen delante para escarmiento, se hacen acreedores a los más severos castigos.

Esperanza. –Sin duda que eso es bien cierto. Pero ¡qué misericordia tan grande la que nos ha sido dispensada de que ni tú, ni especialmente yo, hayamos sido convertidos en otro ejemplo semejante! Esto nos debe impulsar a dar gracias a Dios, a vivir siempre en temor delante de él, y a no olvidar nunca a la mujer de Lot.

---

[168] Génesis 13:10-13.

CAPÍTULO XV

Cristiano y Esperanza, al verse rodeados de consuelos y de paz, caen en negligencia, toman una senda extraviada y son presa del Gigante Desesperación; pero invocan al Señor, y son librados por la llave de las promesas.

Seguían nuestros peregrinos su camino, cuando los vi llegar a un río hermoso y refrescante, que el Rey David llamó el «río de Dios» y Juan el «río del agua de la vida».[169]

Precisamente tenían que seguir la ribera de este río, y grande era el placer que esto les hacía sentir, y más aún cuando, aplicando sus labios al agua del río, la hallaron agradable y refrigerante para sus espíritus fatigados.

Además, en las orillas del río crecían árboles frondosos que daban toda clase de frutos, y cuyas hojas servían para prevenir toda clase de insolaciones y otras enfermedades que suelen sobrevenir a los que, por el mucho andar, sienten acalorada su sangre. A uno y otro lado del río había también praderas repletas de lirios, que se conservaban verdes durante todo el año. En una de estas praderas, pues, se tumbaron y durmieron, porque aquí podían descansar seguros. Cuando despertaron comieron de nuevo fruta de los árboles y bebieron del agua de la vida, y se tumbaron a dormir otra vez, repitiendo esto mismo durante varios días y noches. Su placer y satisfacción era tanta, que la expresaban cantando:

> *¡Oh, cuál fluye este río cristalino,*
> *para gozo y solaz del peregrino!*
> *¡Qué verdes prados y pintadas flores*
> *comunican al aire sus olores!*
> *Quien una vez habrá saboreado*
> *el fruto de estos árboles sabroso,*
> *venderá cuanto tenga, de buen grado,*
> *por comprar este sitio delicioso.*

---

[169] Salmo 65:9; Apocalipsis 22:1.

Cuando finalmente decidieron seguir su camino (porque todavía no habían llegado al término de su viaje), comieron y bebieron de nuevo hasta saciarse, y partieron.

Entonces, vi, en mi sueño, que a muy corta distancia, el camino se separaba del río; lo que les afligió en gran manera; sin embargo, no se atrevieron a dejar el camino. Pero éste, a medida que se apartaba del río, se hacía cada vez más pedregoso, y como sea que los pies de los peregrinos estaban ya bastante dañados de tanto andar, el mal camino les abatió el ánimo. Con todo, a pesar de este inconveniente, prosiguieron su viaje por el camino marcado, aunque, eso si, deseando otro mejor. Un poco más adelante encontraron a la izquierda del camino una pradera, a la cual se accedía por unos escalones de madera; se llamaba el Prado de la Senda-extraviada. Dijo entonces Cristiano a su compañero:

–Si este Prado continuase en paralelo a nuestro camino, podríamos andar por él.

Dicho esto, se acercó a los escalones para inspeccionar y vio que al otro lado de la cerca había una senda que iba a la par del camino.

–Esto es lo que yo buscaba, -dijo Cristiano- por aquí podremos andar con más facilidad y sin destrozarnos los pies; vamos, Esperanza, pasemos al otro lado.

Esperanza. –¿Y si esta senda nos extraviase?

Cristiano. –No es probable; mira, ¿no ves que va paralela al camino?

Esperanza, persuadido por la seguridad que mostraba su compañero, pasó con él al otro lado de la cerca; y ciertamente, era una senda que les resultaba muy suave a los pies. Un poco más adelante, encontraron a un hombre que seguía esa misma senda, cuyo nombre era Vana-confianza; le llamaron a voces y le preguntaron a dónde conducía aquella senda, a lo que él les respondió:

–A la Puerta Celestial.

–¿Ves? -dijo Cristiano- ¿No te lo dije? Ahora estamos seguros de que vamos bien.

Así pues, prosiguieron su viaje por aquella senda, y Vana-esperanza delante de ellos. Pero al llegar la noche, era tan oscura, que no alcanzaban a distinguir al que iba delante. Y éste, por su parte, como no distinguía tampoco bien el camino, cayó en un foso profundo, -hecho intencionadamente por el dueño de aquellas tierras para atrapar en él a los tontos presumidos,- y se estrelló contra el fondo en su caída.

Cristiano y Esperanza, que le oyeron caer, dieron una voz preguntando qué le pasaba; pero la única respuesta que escucharon fue un profundo gemido. Entonces Esperanza preguntó bastante inquieto:

–¿Dónde estamos?

Cristiano no se atrevió a responder, temeroso de haberse extraviado. En aquel preciso instante comenzó a llover, a tronar y relampaguear de una manera aterradora, y el nivel del agua comenzó a subir, amenazando con anegarlos. Esperanza, soltó un gemido, diciendo:

—¡Ojalá hubiéramos seguido por el camino!

Cristiano. —¡Quién iba a imaginar que esta senda iba a extraviarnos tanto!

Esperanza. —Tenía mis temores desde que la tomamos, por eso te expuse mis dudas, y hubiera actuado con más firmeza, de no ser porque sentí respeto por razón de tu edad.

Cristiano. —Mi buen hermano, no te enfades ni te ofendas conmigo; siento en el alma haberte extraviado del camino exponiéndote a un peligro tan inminente; perdóname, sabes que no lo he hecho con mala intención.

Esperanza. —Consuélate, hermano, porque te perdono de buen grado, y además, pienso también que esto nos ha de servir de lección y de provecho.

Cristiano. —Me alegro de tener por compañero a un hermano tan bondadoso; pero no debemos quedarnos aquí, tratemos de retroceder en busca del camino.

Esperanza. —Bien, querido hermano, pero esta vez deja que vaya yo delante.

Cristiano. —No; quiero ir yo el primero, pues si hay algún peligro quiero ser yo el que lo sufra antes, ya que por mi causa ambos nos hemos extraviado.

Esperanza. —No; esto no es una buena idea, pues si vas delante estando turbado tu ánimo, tal vez nos extraviemos todavía más.

Entonces, para gran consuelo suyo, oyeron una voz que decía: «Nota atentamente la calzada, vuelve por el camino por donde fuiste».[170]

Pero las aguas habían crecido y subido ya mucho de nivel, por lo que la vuelta se hacía ya muy peligrosa. (Entonces pensé que siempre resulta mucho más fácil salirse del camino cuando estamos dentro, que regresar a él una vez estamos fuera.) Sin embargo, se arriesgaron a volver; pero era tan oscuro y la riada de agua estaba tan alta, que a punto estuvieron de ahogarse nueve o diez veces.

El caso es que, por más que lo intentaron, no conseguían dar con los escalones de madera que conectaban la senda con el camino; así que, habiendo al encontrar un resguardo, se sentaron a esperar que amaneciera el día; y allí, la fatiga y el cansancio les venció, se les cerraron los ojos y se durmieron.

---

[170] Jeremías 31:21.

Pero no lejos de donde estaban había un castillo, que se llamaba Castillo de la Duda, y cuyo propietario era el Gigante Desesperación, a quien pertenecían también los terrenos donde se habían echado a dormir. Y el Gigante, que había madrugado mucho, paseándose por sus campos, sorprendió a Cristiano y Esperanza dormidos. Con voz áspera y amenazadora les despertó, y les preguntó de dónde eran y qué hacían tumbados en sus campos.

—Somos peregrinos -dijeron- y hemos perdido el camino.

—Miserables -dijo el Gigante-, habéis invadido mis territorios, pisando mis sembrados y echándoos a dormir sobre mi césped, de modo que ahora sois mis prisioneros.

Ante tal amenaza, nada pudieron hacer, más que obedecer, porque el Gigante era enorme, tenía mucha más fuerza que ellos, y además, se reconocían transgresores. En cuanto se levantaron, el Gigante los empujó forzándoles a caminar al frente suyo y cuando llegaron al castillo los encerró en una mazmorra oscura, hedionda y repugnante a los espíritus de los pobres peregrinos. Allí estuvieron desde la mañana del miércoles hasta el sábado por la noche, sin probar bocado ni beber una gota de agua, sin luz y sin que nadie les preguntase cómo estaban. Su situación, lejos de amigos y conocidos,[171] era triste y desesperada, y más triste aún la de Cristiano, que se acusaba y recriminaba a sí mismo de ser la causa, por su poca meditada decisión, de que ambos hubieran caído en tamaño infortunio.

El Gigante Desesperación tenía una esposa, llamada Desconfianza, a la que, al acostarse, dio cuenta de cómo había atrapado a los dos prisioneros y los había arrojado en su mazmorra por haber invadido sus campos. Le pidió también su opinión sobre qué debía hacer con ellos. Desconfianza, al saber quiénes eran, de dónde venían y adónde se dirigían, le aconsejó que a la mañana siguiente los apalease sin misericordia.

Así que, tan pronto se hubo levantado, el Gigante se proveyó de un enorme garrote de manzano silvestre y bajó al calabozo. Primero los insultó, tratándolos como a perros, aunque nada malo le contestaron, y después se lanzó sobre ellos, apaleándolos de tal manera, que no se podían mover, ni aun volverse en el suelo de un lado a otro. Hecho esto se retiró, dejándolos abandonados en su miseria y llorando su desgracia; todo aquel día lo pasaron solos entre sollozos y amargas lamentaciones.

A la noche siguiente, conversando de nuevo Desconfianza con su marido sobre ellos, y enterada de que aún seguían vivos, le dijo que lo mejor que podía hacer era liquidarlos, librarse de ellos cuanto antes.

---

[171] Salmo 88:8,18.

Al llegar, pues, la mañana, el Gigante entró de nuevo en el calabozo como un torbellino, igual que había hecho el día anterior, y al ver que sufrían mucho por los golpes recibidos, les dijo:

–Puesto que no tenéis ya posibilidad ni esperanza alguna de salir vivos de este lugar, lo mejor que podéis hacer es poner fin a vuestras vidas, bien sea con un cuchillo, con una cuerda o con veneno; pues, ¿de qué os va a servir seguir viviendo una vida tan miserable y llena de amargura?

Ellos le suplicaron y rogaron que les dejase marchar. Entonces él los miró con fiereza y cayó sobre ellos con tanto ímpetu, que sin duda hubiera acabado con ellos allí mismo de no haber sido porque en aquel preciso instante le dio uno de los muchos achaques, que le daban de cuando en cuando, que le privó del uso de sus manos, obligándole a retirarse y a dejarlos solos, sumidos en la desesperación y meditando sobre lo que podrían hacer.

Se pusieron a discurrir sobre qué sería lo mejor, si valía o no la pena seguir el consejo del Gigante, iniciando el siguiente diálogo.

Cristiano. –Hermano, ¿qué vamos a hacer? La vida que llevamos aquí es insoportable; por mi parte, no sé si es mejor seguir viviendo o morir y acabar de una vez; pienso que más me vale morir ahogado que continuar viviendo en esa miserable situación, y el sepulcro me sería más agradable que este calabozo. ¿Por qué no aceptamos el consejo del Gigante?

Esperanza. –Es cierto que nuestras condiciones de vida son terribles, y que la muerte me sería más grata que seguir así, si es que así hemos de seguir para siempre; sin embargo, consideremos que el Señor del país a donde nos dirigimos ha dicho «no matarás»; y si se nos hace esta prohibición con respecto a otros, mucho más debemos aplicarla con respecto a nosotros mismos. El que mata a otro no mata más que su cuerpo; pero el que se mata a sí mismo, mata su cuerpo y su alma, todo a la vez; además, hablas de descanso en el sepulcro, pero ¿has olvidado, acaso, a dónde van con toda seguridad los que matan? Porque «ningún asesino tiene vida eterna». También debemos tener en cuenta que no todo tiene porque acabar en manos de este Gigante; hay otros, según entiendo, que, como nosotros, han sido atrapados por él, y, sin embargo, han escapado de sus manos; ¿quién sabe si el Dios que ha creado el mundo hará que muera ese Gigante Desesperación, o que un día de estos se olvide de echar el cerrojo, o que tenga pronto otro de sus achaques estando aquí y pierda el uso de sus pies? Si tal aconteciese, estoy resuelto a obrar con energía y hacer todo lo posible para escaparme de sus manos; he sido un cobarde por no haberlo intentado ya; pero tengamos paciencia y suframos un poco más; vendrá la hora en que se nos concederá la libertad. No seamos nuestros propios asesinos.

Con estas palabras, Esperanza consiguió levantar un poco el ánimo de Cristiano, y así, continuaron juntos en las tinieblas, todo aquel día, en su triste y desesperada situación.

Al caer la tarde, el Gigante volvió a bajar al calabozo para ver si sus prisioneros habían decidido seguir su consejo y se habían quitado la vida. Pero se encontró con que aún seguían vivos, aunque tampoco podía decirse que les quedara mucha vida, porque debido a la falta de alimentos y las heridas que habían recibido en los apaleamientos, apenas podían respirar. Pero al ver que seguían con vida, se puso muy furioso, y les dijo que, por haber despreciado su consejo, sus sufrimientos serían tales que más les valiera no haber nacido.

Estas amenazas les dejaron temblando, y me pareció ver que Cristiano perdía el conocimiento; pero volviendo en sí, comenzaron a debatir otra vez sobre el consejo que les había dado el Gigante. Cristiano, de nuevo se mostró inclinado a seguirlo; pero Esperanza le rebatió otra vez:

Esperanza. –Hermano mío, ¿has olvidado el valor que mostraste en otras ocasiones? No pudo aplastarte Apollyón, ni tampoco todo lo que oíste, viste y sentiste en el valle de la Sombra-de-muerte. ¿Cuántas penalidades, terrores y sustos no has superado ya? ¿Y ahora te dejas dominar por el pánico y sucumbes a las amenazas? Fíjate en mí, estoy encerrado en el calabozo contigo, yo, un hombre más joven y por naturaleza mucho más débil que tú. También a mí me ha herido este Gigante, igual que a ti, y me ha privado del pan y del agua, y como tu vengo lamentando las tinieblas de esta mazmorra. Pero ejercitemos un poco más la paciencia, hermano mío; acuérdate del valor y valentía que mostraste en la Feria de Vanidad, donde no te atemorizaron ni las cadenas, ni la cárcel, ni la perspectiva de padecer una muerte horrible y sangrienta. Por tanto, para evitar al menos la vergüenza que nunca debe caer sobre un cristiano, soportemos esto con dignidad y paciencia lo mejor que nos sea posible.

Así transcurrió otro día. Vino de nuevo la noche, y la esposa del Gigante volvió a preguntarle sobre la situación de sus prisioneros, y si habían seguido o no su consejo. El Gigante le contestó:

–Son un par de villanos obstinados, prefieren sufrir toda clase de penalidades antes de darse la muerte ellos mismos.

Entonces ella le aconsejó:

–Sácalos, pues, mañana al patio del castillo y muéstrales allí los huesos y calaveras de los que ya has despedazado anteriormente, y hazles creer que antes de una semana los desgarrarás a bocados, como has hecho con sus compañeros.

Así lo hizo; a la mañana siguiente fue al calabozo y los sacó al patio del castillo, donde les mostró lo que su mujer le había indicado.

–Estos -les dijo- eran peregrinos como vosotros; violaron mis tierras, como vosotros habéis hecho, y cuando lo consideré oportuno los despedacé, como haré con vosotros dentro de pocos días. Vamos, arrastraos otra vez hasta vuestra prisión. -Y dándoles azotes hasta la misma puerta, los metió de nuevo en el inmundo calabozo. Allí siguieron los infelices todo el día del sábado, en circunstancias tan lastimosas como antes.

Llegó la noche, y el Gigante y su esposa reanudaron su diálogo sobre los prisioneros, extrañándose mucho de que ni los azotes ni las amenazas lograsen quebrantar su entereza; entonces, dijo la mujer:

–Me temo que se alientan con la esperanza de que alguien vendrá a liberarlos, o quizás tengan consigo alguna llave falsa con la que esperan poder escapar cuando se les presente la ocasión.

–Mañana por la mañana los registraré -dijo el Gigante.

Cerca de la media la noche del sábado, nuestros peregrinos comenzaron a orar, permaneciendo oración todo el resto de la noche, hasta casi romper el alba. Momentos antes de que amaneciese, el bueno de Cristiano exclamó despavorido:

–¡Qué tonto y que necio soy de seguir encerrado en este calabozo hediondo, cuando podría estar ya paseándome en plena libertad! Tengo en mi seno una llave, llamada Promesa, que estoy persuadido que puede abrir todas y cada una de las cerraduras de este castillo de la Duda.

–¿De veras? -dijo Esperanza-. Éstas son buenas noticias, hermano; sácala de tu seno y probaremos.

Cristiano sacó su llave, la aplicó a la cerradura de la puerta del calabozo, y a la media vuelta ésta cedió y la puerta se abrió de par en par con la mayor facilidad; de modo que Cristiano y Esperanza salieron. Llegaron a la puerta exterior, que daba al patio del castillo, y ésta también cedió con la misma facilidad. Continuaron hasta la enorme reja de hierro que cerraba toda la fortaleza, y aunque allí la cerradura era extremadamente fuerte y difícil, con todo, la llave sirvió para abrirla. Empujaron la puerta con todas sus fuerzas para escapar a toda prisa; pero ésta puerta, al abrirse, rechinó tanto que despertó al Gigante Desesperación, el cual se levantó a toda prisa dispuesto a perseguir a sus prisioneros; mas en esto, le acometió uno de sus achaques, le fallaron las piernas y no pudo ir en su persecución. Entonces, ellos, corriendo todo lo que les permitían sus fuerzas, llegaron otra vez al camino real, libres ya de todo temor, pues con pisar el camino ya estaban fuera de la jurisdicción del gigante.

Habiendo, pues, rebasado los escalones de madera, comenzaron a discurrir y debatir entre ellos sobre qué podrían hacer para prevenir a los peregrinos que vinieran detrás, a fin de evitar que cayesen también en manos del Gigante; finalmente acordaron erigir allí una columna y grabar en lo alto de la misma estas palabras:

«ESTOS ESCALONES CONDUCEN AL CASTILLO DE LA DUDA, CUYO DUEÑO ES EL GIGANTE DESESPERACIÓN, QUE MENOSPRECIA AL REY DEL PAÍS CELESTIAL Y BUSCA DESTRUIR A SUS SANTOS PEREGRINOS».

De este modo, muchos peregrinos que en tiempos sucesivos llegaron a este punto, viendo el letrero, evitaron el peligro.

Y hecho esto, prorrumpieron a cantar:

> *«Por dejar nuestra senda hemos sabido*
> *lo que es pisar terreno prohibido.*
> *Cuide de no salir de su sendero*
> *el que no quiera verse prisionero*
> *del Gigante cruel, que vive en guerra*
> *con Dios, y al peregrino extraviado*
> *en el Castillo de la Duda encierra*
> *por verle para siempre desgraciado».*

CAPÍTULO XVI

Los peregrinos son hospedados por los Pastores de las Montañas de Delicias.

De nuevo caminando, nuestros peregrinos llegaron por fin a las Montañas de Delicias, propiedad del Señor del Collado a quién hemos mencionado ya anteriormente. Subieron a ellas para contemplar los jardines, viñedos y fuentes de agua; bebieron, se lavaron y comieron libremente del fruto de las viñas. En lo alto de estas montañas habitaban Pastores que apacentaban sus rebaños; y precisamente en esa época estaban a poca distancia del camino. De modo que los peregrinos se acercaron a ellos, y apoyados en sus báculos, (como suelen hacer los viajeros cansados cuando se detienen para hablar con alguien en el camino), les preguntaron de quién eran aquellas Montañas de Delicias y los ganados que en ellas pastaban.

Pastores. —Estas montañas son del país de Emmanuel, y desde ellas se distingue la Ciudad Celestial; también son suyas las ovejas, por las cuales Él puso su vida.

Cristiano. —¿Es este el camino a la Ciudad Celestial?

Pastores. —Estáis exacta y precisamente en él.

Cristiano. —¿Cuánta distancia nos queda aún para llegar hasta allí?

Pastores. —Demasiada para los que nunca han de llegar; pero muy poca para los que son perseverantes.

Cristiano. —¿Y el camino que nos queda es peligroso o seguro?

Pastores. —Seguro para quienes debe serlo; pero los transgresores caen fácilmente.

Cristiano. —¿Hay aquí algún alivio para los peregrinos que llegan cansados y desfallecidos del camino?

Pastores. —El Señor de estas montañas nos ha encarecido siempre que practiquemos la hospitalidad; por tanto, cuanto de bueno hay aquí está a vuestra disposición.

Entonces, vi, en mi sueño, que enterados los Pastores de que eran peregrinos, les hicieron algunas preguntas sobre su país natal, su entrada en el buen camino y su perseverancia en seguirlo; porque al parecer, son muy pocos los que llegan en su viaje hasta estas montañas; y cuando oyeron las respuestas satisfactorias de Cristiano y Esperanza, los agasajaron mucho y les dieron la más cordial bienvenida.

Los pastores se llamaban Ciencia, Experiencia, Vigilancia y Sinceridad. Tomaron, pues, de la mano a los peregrinos y los introdujeron en sus tiendas.

–Aquí permaneceréis con nosotros por un poco de tiempo -les dijeron- a fin de que nos conozcamos mejor y os regocijéis con las delicias de estas montañas.

–Con muchísimo placer lo haremos -contestaron, y se instalaron en su alojamiento por aquella noche, porque ya era tarde y el día había declinado.

A la mañana siguiente, los pastores invitaron a Cristiano y Esperanza a dar un paseo por las montañas. La perspectiva que se presentó ante los ojos de los peregrinos era maravillosa. Mas no terminaron aquí los agasajos de los Pastores.

–Vamos a enseñarles -deliberaron y acordaron entre ellos- algunas otras maravillas; y los llevaron primeramente a la cima de una montaña llamada Error, cuyo descenso era muy perpendicular por el lado opuesto, y les hicieron mirar hacia el fondo, donde pudieron ver a muchos que, al caer desde aquella altura, habían quedado completamente despedazados. Cristiano y Esperanza preguntaron:

Cristiano. –¿Qué significa esto?

Pastores. –¿No habéis oído hablar de aquellos que se extraviaron por haber prestado oído a lo que decían Himeneo y Fileto acerca de la resurrección del cuerpo?[172] Pues esos que veis son los mismos, y siguen hasta el día e hoy sin sepultura, como estáis viendo, para ejemplo de los demás, a fin de que se cuiden de no subir demasiado alto ni acercarse mucho al borde de esta montaña.

Después los condujeron a la cima de otra montaña, cuyo nombre era Cautela, y les hicieron mirar a lo lejos, señalándoles a algunos hombres que estaban dando vueltas arriba y abajo entre los sepulcros que allí había. Eran hombres ciegos, porque tropezaban con los sepulcros y no lograban salir de en medio ellos.

Cristiano. –Y esto, ¿qué quiere decir?

Pastores. –¿No divisáis un poco más abajo, al pie de estas montañas, unos escalones que dan a una pradera, a la izquierda del camino? Desde aquellos escalones hay una senda que va directamente al Castillo de la Duda, cuyo dueño es el Gigante Desesperación, y estos hombres (señalando a los que estaban entre las tumbas) vinieron una vez en peregrinación, como vosotros lo hacéis ahora, hasta que al llegar a esos escalones, y debido a que el camino recto les parecía excesivamente pedregoso y

---

[172] 2ª Timoteo 2:17.

áspero en aquel paraje, decidieron salirse de él y tomar el sendero que va paralelo a esa pradera, donde los atrapó el Gigante Desesperación y los metió en el castillo de la Duda; y después de tenerlos en una mazmorra por algunos días, les sacó los ojos y los condujo a estos sepulcros, donde los ha dejado vagar, ciegos, hasta el día de hoy, para que se cumpliese el dicho del sabio: «El hombre que se extravía del camino de la sabiduría, vendrá a parar a la compañía de los muertos».[173] Entonces, Cristiano y Esperanza, se miraron el uno al otro, con ojos llenos de lágrimas, pero nada dijeron a los Pastores acerca de su experiencia.

En seguida los llevaron a otro lugar, al fondo de un valle. Allí, al pie del collado, había una puerta, la abrieron y les dijeron.

–Mirad adentro. Miraron y vieron que todo en el interior estaba muy oscuro y lleno de humo; les pareció también que oían un ruido atronador como de fuego, y gritos como de quien está sufriendo tormentos indecibles; y pudieron oler también el olor de azufre.

Cristiano. –Explicadme esto.

Pastores. –Éste es un postigo del Infierno, la contrapuerta por la cual entran los hipócritas, aquellos que, cual Esaú, venden su primogenitura;[174] los que venden a su Maestro, como Judas;[175] los que blasfeman del Evangelio, como Alejandro;[176] los que mienten y fingen, como Ananías y su mujer.[177]

Esperanza. –Por lo que veo, fueron también peregrinos como nosotros, ¿no es verdad?

Pastores. –Sí, y algunos de ellos durante mucho tiempo.

Esperanza. –¿Hasta qué punto habían llegado en su peregrinación antes de que se perdieran tan miserablemente?

Pastores. –Unos habían llegado más allá, y otros más acá de estas montañas.

Entonces Cristiano y Esperanza se dijeron entre sí: buena falta nos hace clamar a Aquél que es poderoso para pedirle fuerzas.

Pastores. –Sí, y preciso os será también emplearlas una vez recibidas.

En esto, como sea que los peregrinos expresaron su deseo de continuar su camino, y los pastores convinieron en ello, les acompañaron hasta salir de las montañas.

Entonces, antes de despedirse, dijeron los Pastores unos a otros: «Vamos a mostrar a estos peregrinos la puerta de la Ciudad Celestial, si es que tienen habilidad para mirar por nuestro anteojo».

---

[173] Proverbios 21:16.
[174] Génesis 25:33.
[175] Lucas 22:3,4.
[176] 1ª Timoteo 1:20.
[177] Hechos 5:1-10.

Cristiano y Esperanza aceptaron la invitación, y los pastores, llevándolos a la cima de otra montaña, llamada Clara, les facilitaron el anteojo.

Intentaron mirar, pero el recuerdo de lo que acababan de ver les hacía temblar la mano de tal manera que no conseguían ajustar la lente a su vista; sin embargo, creyeron divisar algo que parecía ser la puerta, y también algo de la gloria del lugar. Con esto se despidieron y prosiguieron su camino cantando:

> *Secretos nos revelan los Pastores*
> *que están, para otros hombres, bajo velo;*
> *a ellos venid, pues son reveladores,*
> *De las bellas cosas que nos guarda el cielo.*

Al despedirse, uno de los Pastores les dio un plano con unas cuantas indicaciones sobre el camino a seguir; otro les advirtió que estuviesen prevenidos contra el Adulador; el tercero les aconsejó que tratasen por todos los medios de no quedarse dormidos en el terreno Encantado, y el cuarto les deseó un buen viaje en compañía del Señor. Entonces yo desperté de mi sueño.

CAPÍTULO XVII

Conversación de los peregrinos con Ignorancia; situación desesperada de Vuelve-atrás; robo de Poca-Fe; Cristiano y Esperanza, por no consultar el plano del camino que les habían dado, caen en la red de Adulador.

Volví de nuevo a dormir y a soñar, y vi otra vez a los dos peregrinos bajando la montaña por el camino que llevaba a la ciudad.

Pero más abajo de las montañas hay un país, que se llama de las Ideas Fantásticas, desde donde parte una sendita estrecha y tortuosa que desemboca en el camino por donde iban nuestros peregrinos. Precisamente, en el cruce entre ambos, encontraron a un joven atolondrado que venía de dicho país; se llamaba Ignorancia. Al preguntarle Cristiano de qué parte venía y a dónde se dirigía, respondió:

Ignorancia. —Nací en aquel país de la izquierda, y voy a la Ciudad Celestial.

Cristiano. —Pero, ¿cómo crees que vas a entrar? Por que es posible que al llegar a la puerta encuentres alguna dificultad.

Ignorancia. —Pues, como entran todas las personas buenas.

Cristiano. —Pero, ¿qué piensas presentar para que te franqueen la entrada?

Ignorancia. —Conozco bien la voluntad de mi Señor, y he vivido ordenadamente; doy a cada uno lo suyo: oro, ayuno, pago diezmos y doy limosnas, y he abandonado mi propio país para dirigirme a otro.

Cristiano. —Pero no has entrado por la puerta estrecha que está al principio de este camino; te has colado por esa senda tortuosa, y me temo que por muy buen concepto que tengas de ti mismo, en el día de pasar cuentas, te puedes encontrar que en vez de darte entrada a la ciudad, te acusen de ser ladrón y salteador.

Ignorancia. —Caballeros, para mí no sois más que un par de desconocidos, no os conozco de nada; seguid, pues, en buena hora, vosotros la religión de vuestro país, yo seguiré la del mío, y espero que nos vaya bien a todos. En cuanto a la puerta estrecha de que me habláis, todo el mundo sabe que está muy distante de nuestro país. No creo haya uno solo, en todo el país, que conozca el camino a ella, ni pienso que ello deba importarnos, pues como veis, tenemos desde nuestro país una agradable y fresca vereda que nos conduce a este camino.

Al ver Cristiano que este hombre se tenía por sabio en su propia opinión, dijo en voz baja a Esperanza:

—Más esperanza hay del necio que de él.[178] Y añadió: mientras va el necio por su camino, le falta cordura, y va diciendo a todos que es necio.[179] ¿Qué te parece, seguimos charlando con él, o nos adelantamos y le dejamos para que medite sobre lo que le acabamos de decir? Quizás podemos esperarle más adelante en el camino, para ver si poco a poco es posible hacerle algún bien.

Esperanza. —Comparto tu parecer; no es bueno decírselo todo de una vez; dejémosle solo por ahora y luego volveremos a hablarle, según se nos presente la ocasión.

Así que ambos se adelantaron e Ignorancia les siguió un poco más atrás.

No habían avanzado mucho, cuando entraron en un paso muy estrecho y oscuro, donde encontraron a un hombre a quien siete demonios habían atado con siete fuertes cuerdas y le arrastraban otra vez hacia al postigo que los peregrinos habían visto en la falda del collado.[180]

Al ver esto, se apoderó de ellos un gran temor. Sin embargo, según los demonios iban arrastrando al hombre, Cristiano le miró con atención para ver si le conocía, porque pensó que quizás podía ser un tal Vuelve-atrás, que vivía en la ciudad Apostasía; pero no pudo ver su cara, porque iba mirando al suelo, como un ladrón que acaba de ser sorprendido. Pero cuando hubieron pasado, Esperanza, volvió la mirada y distinguió un papel en su espalda con las palabras: «Cristiano licencioso y condenado apóstata». Entonces, Cristiano, dijo a su compañero:

—Quiero recordar algo que me contaron acerca de un buen hombre por estos alrededores. Se llamaba Poca-Fe, pero era un hombre muy respetable y vivía en la ciudad llamada Sinceridad. Le sucedió lo siguiente: cerca de la entrada de este paso estrecho, bajo de la puerta del camino ancho, hay una senda llamada Vereda-de-los-muertos, y se llama así por los muchos asesinatos que en ella ocurren. Pues bien, este Poca-Fe, estando en su peregrinación, como nosotros ahora, se sentó casualmente aquí y se echó a dormir. Sucedió entonces que venían vereda abajo desde la puerta del camino ancho tres villanos de categoría: Cobardía, Desconfianza y Culpa; los tres, hermanos, y descubriendo a Poca-Fe dormido, se acercaron a él a todo correr. Cuando llegaron a su lado, él ya se había despertado y estaba preparándose para continuar su viaje.

---

[178] Proverbios 26:12.
[179] Eclesiastés 10:3.
[180] Mateo 12:45; Proverbios 5:22.

Pero los tres villanos, con lenguaje amenazador, le mandaron detenerse. Poca-Fe se puso en extremo pálido, y no tuvo fuerzas ni para luchar ni para huir. En esto le dijo Cobardía:

–Entrega tu bolsa -y como fuere que no se daba prisa a hacerlo (porque le dolía perder su dinero), corrió hacia él Desconfianza, y metiendo la mano en su bolsillo, sacó de él una bolsita llena de plata. Poca-Fe, gritó a todo pulmón:

–¡Que me roban, que me roban! -En este momento, Culpa, que tenía un garrote formidable en su mano, descargó tal golpe en su cabeza que le dejó tendido en el suelo, donde quedó echando sangre a borbotones. Los tres ladrones estaban alrededor de él; pero oyendo de repente pasos que se acercaban, y temiendo que fuese un tal Gran Gracia, que vive en la ciudad de Buena-Esperanza, huyeron a toda prisa y dejaron a este pobre hombre abandonado a su suerte. Al poco rato, Poca-Fe, volvió en sí, y levantándose como pudo, siguió su camino; esto es lo que me han contado.

Esperanza. –¿Pero le quitaron todo lo que tenía?

Cristiano. –No; precisamente se les escapó registrar el lugar donde tenía escondidas sus alhajas. Pero según me contaron, el buen hombre lamentó mucho su pérdida, porque los ladrones le quitaron casi todo el dinero que tenía para sus gastos ordinarios. Aún le quedaban, es verdad, algunas monedas sueltas; pero apenas le alcanzaban para llegar al fin de su viaje. Me contaron, si no estoy mal informado, que se vio obligado a mendigar, según viajaba, para poder vivir, porque no le estaba permitido vender sus alhajas. Pero mendigando y todo, adelantaba en su camino, si bien casi la mayor parte con el estómago vacío.

Esperanza. –Pero, es extraño que no le arrebataran su pergamino, con el cual debía franquear su entrada por la puerta Celestial.

Cristiano. –Extraño es, en verdad, pero no se lo quitaron, aunque no fue esto debido a su habilidad, porque el pobre, atemorizado al verlos encima de él, no tenía poder ni habilidad para ocultar cosa alguna; fue cosa de la providencia, más bien que de sus propios esfuerzos, el que se les escapase esa gran prenda.[181]

Esperanza. –Debió ser un gran consuelo para él ver que no le habían arrebatado esa joya.

Cristiano. –Pudiera haberle sido gran consuelo si se hubiera aprovechado de ella como debía; pero los que me contaron la historia, me dijeron que, a causa del gran susto que recibió cuando le quitaron su dinero, había sacado muy poco partido de ella en todo lo que le quedaba de camino. Se olvidó prácticamente de ella durante lo que le quedaba de viaje, y si alguna vez volvía a su memoria y empezaba

---

[181] 2ª Timoteo 1:12,14; 1ª Pedro 1:4,9.

a consolarse con ella, nuevos recuerdos del robo y de su pérdida le abrumaban, arrebatándole toda su paz.

Esperanza. –¡Pobre! Debió ser muy grande su aflicción.

Cristiano. –¿Aflicción? Ya lo creo. ¿No lo hubiera sido también para cualquiera de nosotros el que nos hubiera sucedido lo que a él, que nos hubieran robado y además herido, y todo en un lugar extraño? Lo raro es que el pobre no muriera. Me contaron que iba sembrando todo su camino de amargas y dolorosas lamentaciones, contando a todos los que le alcanzaban, o a quienes él alcanzaba, como le habían robado y dónde; quiénes habían sido y cuánto había perdido; cómo había sido herido y cómo a duras penas había escapado con vida.

Esperanza. –Pero me extraña una cosa: que no le pasara por la mente la idea de empeñar alguna de sus alhajas para tener con qué adquirir sustento y aliviarse en su camino.

Cristiano. –Hablas como un neófito, parece como si apenas acabaras de salir del cascarón. ¿Por cuánto y a quién había de empeñarlas o venderlas? En el país donde fue robado, sus joyas no tenían ningún valor ni nadie las apreciaba en nada; además, tampoco le hubiera sido de gran ayuda ni le hubiera hecho bien cualquier alivio que pudiera haber encontrado en aquel país. Sobre todo, si después le hubieran faltado sus joyas al llegar a la puerta de la Ciudad Celestial, pues hubiera sido excluido (y eso lo sabía muy bien) de la herencia que allí hay, y eso le hubiera sido peor que la villanía de millares de ladrones.

Esperanza. –Vaya, veo que contestas con mucha aspereza a mis observaciones. No seas tan agrio, y escúchame: Esaú vendió su primogenitura, por un simple plato de lentejas,[182] y esa primogenitura era su joya más preciosa, y si él lo hizo, ¿por qué no lo podía hacer también Poca-Fe?

Cristiano. –Efectivamente, Esaú vendió su primogenitura, y a semejanza de él lo han hecho muchos otros, que al hacerlo han perdido la bendición mayor, como le pasó a él. Pero debes hacer diferencia entre Esaú y Poca-Fe, como también entre las circunstancias de uno y otro. La primogenitura de Esaú era típica, pero no así las joyas de Poca-Fe; Esaú no tenía más Dios que su vientre, pero no sucedió así con Poca-Fe; la necesidad de Esaú estaba en su apetito carnal; la de Poca-Fe no era de este género. Además, Esaú no pudo ver más allá que el satisfacer de inmediato su apetito: «He aquí -dijo- yo me voy a morir; ¿para qué, pues, me servirá la primogenitura?».[183] Pero Poca-Fe, aunque su debilidad era tener tan poca fe, precisamente fue por ese poquito de fe por lo que se libró de cometer tales extravagancias, y supo valorar

---

[182] Hebreos 12:16.
[183] Génesis 25:32.

y apreciar sus joyas, conservándolas mejor que vendiéndolas, como hizo Esaú con su primogenitura. En ninguna parte leerás que Esaú tuviera fe, ni siquiera un poquito. Por ello, no hay que extrañar que, donde impera solamente la carne, (y esto pasa siempre en el hombre que no tiene fe para resistir), alguien venda su primogenitura y su alma y su todo al mismo demonio; porque sucede con los tales como con el asno montés, a quien «en su ocasión nadie podía detener».[184] Cuando sus corazones están abocados a sus concupiscencias, las han de satisfacer, cueste lo que cueste. Pero Poca-Fe era de un temperamento muy diferente: su corazón estaba puesto en las cosas divinas, su alimento era de cosas espirituales y de arriba; por tanto, ¿a qué iba a vender sus joyas, dado el caso que hubiera habido quien las comprase, para llenar su corazón con cosas vanas? ¿Dará un hombre dinero para poder llenar su vientre de paja, o se podrá persuadir a la tórtola a que se alimente de carne podrida como el cuervo? Aunque los infieles, para servir a sus concupiscencias carnales, hipotequen o empeñen o vendan lo que tienen, y a sí mismos por añadidura, sin embargo, los que tienen fe, la fe que salva, aunque sólo un poquito, nunca llegan a hacer esto. Aquí, pues, hermano mío, tienes explicada tu equivocación.

Esperanza. –La admito, pero tu severa y áspera represión casi me había enfadado.

Cristiano. –¿Por qué? No hice más que compararte a una de esas avecillas nerviosas que echan a correr por sus caminos, conocidos o sin conocer, llevando todavía el cascarón; pero vaya, te pido disculpas por ello, olvídate de mi represión y centrémonos en el tema que estamos debatiendo.

Esperanza. –Yo, amigo Cristiano, estoy convencido de que esos tres bribones fueron muy cobardes; de otro modo, ¿hubieran huido al ruido de uno que se acercaba? ¿Por qué razón Poca-Fe no se armó de más valor? Me parece que debiera haberse arriesgado a entablar combate con ellos, y sólo haber cedido hasta cuando ya no le quedase otro remedio.

Cristiano. –Que esos villanos sean cobardes, muchos lo han afirmado; pero que lo sean realmente, pocos son los que lo han demostrado en la hora de la prueba. Y por lo que dices, entiendo que tú te arriesgarías sólo a un leve combate, y muy pronto te darías por vencido. Te digo, pues, si ahora que están todavía distantes de nosotros, si así es como piensas y ése es tu ánimo, mucho me temo que en el caso de que se te presentasen de frente, como a Poca Fe poco duraría tu valentía.

Además, considera también que estos tres no eran más que ladrones subalternos, que sirven al rey del abismo insondable, el cual, en caso

---

[184] Jeremías 2:23,24.

necesario, vendría en su ayuda, y la voz de éste es como la de un león rugiente.[185] Yo mismo he sido acometido por ellos, como Poca-Fe, y probé por mí mismo cuan terrible es. Los tres bribones me acometieron, y habiendo empezado yo a resistir, como buen cristiano, dieron una voz, y al instante su amo se personó. Y como dice el refrán, no hubiera dado dos cuartos por mi vida, si no hubiera sido porque estaba revestido, según Dios quería, de armadura a toda prueba; y aun vestido así, a penas conseguí salir airoso. Nadie puede juzgar ni decir lo que le pasará en tal combate si no ha pasado por él.

Esperanza. –Es verdad, pero me has dicho que echaron a correr, a la simple suposición de que Gran-Gracia se acercaba.

Cristiano. –Cierto, tanto ellos como su dueño han huido muchas veces con sólo que Gran-Gracia se haya presentado en el lugar del combate, y no debe extrañarte, porque Gran-Gracia es el campeón real. Pero, me parece de lógica admitir que entre Poca-Fe y el campeón del Rey, hay un poco de diferencia; no todos los súbditos del rey son campeones, y, por tanto, no todos pueden hacer hazañas como él en la hora de la prueba. ¿Es razonable pensar que un niñito venciese a Goliat como lo hizo David, o que haya en una avecilla la fuerza de un toro? Unos son fuertes, otros son débiles; unos tienen mucha fe, otros poca; este buen hombre era de los débiles, y por eso cedió.

Esperanza. –Ojalá hubiera sido Gran-Gracia, quién se hubiera enfrentado a ellos.

Cristiano. –Voy a decirte una cosa: el mismo Gran-Gracia se las hubiera visto y deseado para vencerlos; porque has de saber que, aunque maneja muy bien las armas y los mantiene a raya con facilidad cuando le atacan a cierta distancia, si consiguen acercarse, en el combate cuerpo a cuerpo, es decir, si Cobardía, Desconfianza o el otro logran entrar en él, pueden derribarle con relativa facilidad. Y una vez en tierra, sabes bien lo poco que un hombre puede defenderse.

Cualquiera que se fije un poco en el rostro de Gran-Gracia, verá en él cicatrices y heridas que prueban la realidad lo que te digo. Aún más. He oído decir que en cierta ocasión, en un combate, llegó incluso a exclamar: «Desesperamos aun de la vida». ¡Cuánto hicieron gemir, lamentar y aun gritar a David estos bribones! También Hemán y Ezequías,[186] aunque campeones en su tiempo, necesitaron hacer grandes esfuerzos para defenderse al ser asaltados por ellos, y pasaron muy mal rato. Una vez, Pedro, quiso demostrar lo que podía, y aunque algunos dicen que él es príncipe de los Apóstoles, le subyugaron de tal manera, que una simple muchacha le hizo temblar.

---

[185] 1ª Pedro 5:8.
[186] Salmo 88.

Además, su rey está siempre detrás de ellos, donde pueda oírlos, y si alguna vez les va mal, y le es posible, acude al instante en su ayuda. De él se ha dicho: «Cuando a alguno lo alcanzare, ni espada, ni lanza, ni dardo, ni coselete durará contra él. Estima como paja el hierro y el bronce como leño podrido. Saeta no le hace huir; las piedras de honda le son como paja. Tiene toda arma por hojarasca, y del blandir de la jabalina se burla».[187] ¿Qué puede hacer un hombre contra eso? Verdad es que si pudiera un hombre tener en todas ocasiones el caballo de Job, y la habilidad y el valor para manejarlo, haría cosas estupendas, porque: «El resoplido de su nariz es formidable. Escarba la tierra, se alegra en su fuerza, sale al encuentro de las armas; hace burla del espanto y no teme, no vuelve el rostro delante de la espada. Contra él suenan aljaba, el hierro de la lanza y de la jabalina; y él con ímpetu y furor, escarba en la tierra, sin importarle el sonido de la trompeta, antes como quién dice entre los clarines ¡Ea! desde lejos huele la batalla».[188]

Pero peones, como tú y yo, nunca debemos desear encontrarnos con tal enemigo, ni gloriarnos de que podamos hacerlo mejor cuando nos hablan de otros que han sido vencidos; ni engañarnos con la ilusión de nuestra propia fuerza, porque los que así hacen, por lo regular, salen peor de la prueba; y de ello es buen testigo, Pedro, de quien he hablado antes. Quería vanagloriarse, sí; quería, según le movía a decir su vano corazón, quería defender a su Maestro más y mejor que todos los demás; pero, ¿conoces a alguien que haya sido tan humillado y corrido por estos bribones, como él? Cuando, pues, escuchamos acerca de tales latrocinios que tienen lugar en el camino real, nos conviene hacer dos cosas:

Salir armados y no olvidar el escudo, porque, por falta de éste, aquél que atacó tan impávidamente al Leviatán, no consiguió rendirle, porque, cuando nos ve sin escudo, no nos tiene ningún miedo. El apóstol, que tenía más habilidad que todos nosotros dijo: «Sobre todo, tomad el escudo de la fe, con que podáis apagar todos los dardos de fuego del maligno».[189]

Bueno es también que pidamos al Rey una guardia; más aún: que él mismo nos acompañe. Eso es lo que hizo que David se sintiera seguro y estuviera alegre aun cuando se encontraba en el valle de la Sombra-de-muerte. Y Moisés prefería morir antes que dar un paso más sin su Dios.[190] ¡Oh, hermano mío! Sólo con que él nos acompañe, ¿qué

---

[187] Job 41:26-29.
[188] Job 39:22-28.
[189] Efesios 6:16.
[190] Éxodo 33:15.

hemos de temer de diez mil que se opongan contra nosotros?[191] Pero sin él, los soberbios caerán entre los muertos.[192]

Yo, por mi parte, he estado en la pelea antes de ahora; y aunque por la bondad de Aquél que es el sumo bien, todavía, como ves, estoy vivo; sin embargo, no puedo vanagloriarme de mi valor. Me alegraré mucho de no tener que pasar de nuevo por tales encuentros, aunque me temo que todavía no estamos fuera de todo peligro. Sin embargo, puesto que ni el león ni el oso me han devorado hasta ahora, espero en Dios que nos libre de cualquier filisteo incircunciso que venga detrás de nosotros.

En estas pláticas estaban, haciendo su camino, e Ignorancia siguiéndoles detrás, cuando llegaron a un punto donde el camino confluía con otro camino que parecía continuar tan directo como el que ellos llevaban; y no sabían cuál de ambos elegir, ya que los dos les parecían igualmente derechos. De modo que se detuvieron para pensar por donde debían seguir. En eso estaban cuando que se reunió con ellos un hombre que tenía su carne muy negra, pero cubierta de un vestido muy claro, y les preguntó por qué se detenían allí.

–Buscamos -respondieron- la Ciudad Celestial; pero no sabemos cuál de esos dos caminos escoger.

–Seguidme -dijo el hombre- pues allá me dirijo yo también.

Le siguieron, pues, por el camino nuevo, pero éste, gradualmente, se iba torciendo, y poco a poco iba dando la espalda a la ciudad a la que se dirigían y deseaban llegar, de tal modo que pronto vieron que cada vez se alejaban más de ella, pero a pesar de ello continuaron caminando.

No había pasado mucho tiempo cuando, sin que se dieran cuenta, el hombre los envolvió en una red tan espesa que no sabían cómo salir de ella; al mismo tiempo que el vestido blanco que llevaba caía de él y se veía todo su cuerpo totalmente negro. Entonces se dieron cuenta de dónde estaban, y rompieron a llorar por algún rato, pues no conseguían liberarse.

Cristiano. –Ahora veo que hemos caído en un error. ¿No nos aconsejaron los Pastores que nos guardáramos del adulador? Según el dicho del Sabio, hemos experimentado hoy en nuestra propia carne que el hombre que lisonjea a su prójimo, red tiende delante de sus pasos.[193]

Esperanza. –También nos dieron un mapa con las direcciones del camino, para que pudiéramos estar seguros de acertar en la bifurcación; pero también nos hemos olvidado de mirarlo, y por eso hemos ido a parar a las vías del Destructor.[194]

---

[191] Salmo 3:5,8.
[192] Isaías 10:4.
[193] Proverbios 29:5.
[194] Salmo 17:4.

Así estaban los pobres, presos en la red, cuando, por fin descubrieron a uno de los Resplandecientes, que venía hacia ellos con un látigo de cuerdas pequeñas en su mano. Cuando hubo llegado donde estaban, les preguntó de dónde venían y qué hacían allí. Le contestaron que eran unos pobres peregrinos que iban caminando hacia Sión, pero que habían sido extraviados por un hombre negro vestido de blanco que los mandó seguirle, porque les dijo que él también se dirigía allá. Entonces contestó el del látigo:

—Ése era Adulador, falso apóstol, transformado en ángel de luz.[195]

Dicho esto, rompió la red, liberó a los dos peregrinos, y les dijo:

—Seguidme a mí, yo os pondré otra vez en vuestro camino. —Y de esta manera pudieron regresar al camino que habían abandonado por seguir a Adulador. Entonces le contaron que la noche anterior habían estado en las Montañas de las Delicias; que habían recibido de los Pastores una guía para el camino; pero que no la habían sacado ni leído por olvido; y, por último, que aunque habían sido prevenidos contra Adulador, no creyeron que fuese el que habían encontrado.

Entonces, vi, en mi sueño que el Resplandeciente les mandó echarse al suelo, y los castigó con severidad para enseñarles el buen camino, que nunca debían haber dejado; y mientras los castigaba les decía:

—Yo reprendo y castigo a todos los que amo. Sed, pues, celosos y arrepentíos.[196]

Hecho esto, les mandó proseguir su camino y tener mucho cuidado de obedecer a las demás direcciones que les habían indicado los Pastores, con lo cual ellos le dieron las gracias por tanta bondad, y emprendieron de nuevo su marcha por el camino recto, procurando no olvidar la severa lección que habían recibido, y dando bendiciones al Señor, que había usado con ellos de tanta misericordia.

---

[195] 2ª Corintios 11:13,14.
[196] Apocalipsis 3:19.

CAPÍTULO XVIII

Los peregrinos se encuentran con Ateo, a quien resisten con las enseñanzas de la Biblia. Pasan por Tierra-encantada, figura de la corrupción de este mundo en tiempos de sosiego y prosperidad. Librarán de ella a través de la vigilancia, meditación y oración.

Poco trecho habían andado, cuando percibieron a uno que avanzaba solo en dirección contraria a la que llevaban, con paso suave y al encuentro de ellos. Dijo entonces Cristiano:

Cristiano. –Ahí veo uno que viene a encontrarnos con sus espaldas vueltas a la ciudad de Sión.

Esperanza. –Sí, le veo. Estemos apercibidos por si es otro adulador.

Habiendo llegado ya a ellos, Ateo (tal era su nombre), les preguntó a donde se dirigían.

Cristiano. –Al monte Sión.

Entonces Ateo soltó una carcajada estrepitosa.

Cristiano –¿Por qué se ríe usted?

Ateo. –Me río al ver lo ignorantes que sois al emprender un viaje tan molesto, cuando la única recompensa segura con que podéis contar es vuestro esfuerzo y molestia en el viaje.

Cristiano. –Pero, ¿cree usted que no nos recibirán allí?

Ateo. –¿Recibiros...? ¿Dónde? ¿Existe acaso en el mundo ese lugar que soñáis?

Cristiano. –No, pero sí existe en el mundo venidero.

Ateo. –Cuando yo estaba en casa, en mi propio país, oí algo de eso que decís, y salí también en su busca, y hace veinte años lo vengo buscando, sin haberlo encontrado jamás.[197]

Cristiano. –Nosotros hemos oído y creemos que lo hay y que se puede hallar.

Ateo. –Sí yo también oí y creí; si no lo hubiese creído cuando estaba en casa, no hubiera ido tan lejos a buscarlo; pero como sea que no lo he encontrado (y de existir tal lugar, seguramente lo hubiera encon-

---

[197] Jeremías 17:15.

trado, porque lo he buscado más que vosotros), regreso a mi casa, y trataré de consolarme con las cosas que entonces rechacé por la vana esperanza de lo que ahora creo que no existe.

Cristiano. (Dirigiéndose a Esperanza.) –¿Será verdad lo que este hombre dice?

Esperanza. –Mucho cuidado; éste es otro adulador; acuérdate de lo que nos ha costado ya una vez el prestar oído a tal clase de personajes. Pues que, ¿que no hay ningún monte Sión? ¿Acaso no hemos visto desde las Montañas de Delicias la puerta de la ciudad? Además, ¿no hemos de andar por la fe?[198] Vamos, vamos, Cristiano, no sea que nos venga otra vez el del látigo. No olvidemos aquella importante lección, que tú debieras recordar: «Cesa, hijo mío, de oír la enseñanza que induce a divagar de las razones de sabiduría».[199] Deja de escucharle, y creamos para salvación de nuestras almas.[200]

Cristiano. –Hermano mío, no te propuse la cuestión porque dudara de la verdad de nuestra creencia, sino para probarte y sacar de ti una prenda de la sinceridad de tu corazón. En cuanto a este hombre, bien sé yo que está cegado por el dios de este siglo. Sigamos tú y yo, sabiendo que tenemos la fe y la esperanza de la verdad, en la cual ninguna mentira tiene parte.[201]

Esperanza. –Ahora me regocijo en la esperanza de la gloria de Dios.

Se retiraron de aquel hombre, y él, riéndose de ellos, prosiguió su camino.

Entonces, vi, en mi sueño, que siguieron hasta llegar a cierto país, cuyo ambiente, de forma natural, hace soñolientos a los extranjeros. Esperanza empezó, en efecto, a sentirse muy pesado y con mucho sueño, por lo cual dijo:

Esperanza. –Tengo tanto sueño que apenas puedo mantener los ojos abiertos; echémonos aquí un rato, y durmamos.

Cristiano. –De ninguna manera; no sea que si nos dormimos no volvamos a despertar.

Esperanza. –¿Y por qué? Hermano mío, el sueño es dulce y necesario; si dormimos un poco nos levantaremos más descansados.

Cristiano. –¿No te acuerdas que uno de los Pastores nos mandó cuidarnos de Tierra-encantada? Con eso quiso decirnos que nos guardásemos de dormir. Por tanto, no durmamos como los demás; antes velemos y seamos sobrios.[202]

---

[198] 2ª Corintios 5:7.
[199] Proverbios 19:27.
[200] Hebreos 10:39.
[201] 1ª Juan 2:21.
[202] 1ª Tesalonicenses 5:6.

Esperanza. –Reconozco mi error, y si hubiera estado aquí solo, hubiera corrido peligro de muerte. Veo que es cierto lo que dice el Sabio: «Mejores son dos que uno».[203] Hasta aquí tu compañía ha sido una bendición para mí, y estoy seguro que tendrás justa recompensa por tu trabajo.

Cristiano. –Para guardarnos, pues, de dormitar en este lugar, comencemos un buen debate.

Esperanza. –Con todo mi corazón.

Cristiano. –¿Por dónde empezamos?

Esperanza. –Por donde empezó Dios con nosotros; pero ten la bondad de empezar tú.

Cristiano. –Voy, pues, a hacerte una pregunta: ¿cómo llegaste a la decisión de hacer lo que estás haciendo ahora?

Esperanza. –¿Quieres decir que cómo llegué a pensar y decidir en ocuparme del bien de mi alma?

Cristiano. –Sí, eso es lo que quiero decir.

Esperanza. –Hacía ya mucho tiempo que me deleitaba del goce de las cosas que se ofrecían y vendían en nuestra feria. Cosas que, según creo ahora, me hubieran sumido en la perdición y destrucción de haber seguido practicándolas.

Cristiano. –¿Qué cosas eran?

Esperanza. –Pues eran los tesoros y riquezas de este mundo. También me gozaba mucho en el bullicio, la embriaguez, la maledicencia, la mentira, la lujuria, en no guardar el día del Señor y qué sé yo cuántas cosas más, que todas tendían a la destrucción de mi alma. Pero, finalmente, escuchando y considerando las cosas divinas que oí de tu boca y de la de nuestro querido hermano Fiel, muerto por su fe y testimonio en la feria de Vanidad, descubrí que el fin de estas cosas es muerte.[204] Y que por estas cosas viene la ira de Dios sobre los hijos de desobediencia.[205]

Cristiano. –¿Y caíste de inmediato bajo el poder de esa convicción?

Esperanza. –No, no quise reconocer de inmediato la maldad del pecado ni la condenación que le sigue; antes traté, cuando mi mente empezaba a estar conmovida con la palabra, de cerrar mis ojos a su luz.

Cristiano. –¿Pero por qué resistías de este modo a los primeros esfuerzos del Espíritu bendito de Dios?

Esperanza. –Las causas fueron:

---

[203] Eclesiastés 4:9.

[204] Romanos 6:21,23.

[205] Efesios 5:6.

1.° No sabía que aquella era la obra de Dios en mí. Nunca pensé que la convicción de pecado era por donde Dios empieza la obra de conversión de un pecador.

2.° El pecado era todavía muy dulce a mi carne, y sentía mucho tener que abandonarlo.

3.° No encontraba el momento de despedirme de mis antiguos compañeros, cuya presencia y acciones me eran tan agradables.

4.° Las que sufría a causa de estas convicciones, eran horas tan molestas y terroríficas, que mi corazón no podía soportar ni aun su recuerdo.

Cristiano. –¿Es decir, que en determinadas ocasiones conseguiste desembarazarte de la molestia que te causaba la convicción de pecado?

Esperanza. –Ciertamente, pero nunca del todo; así que volvía otra vez a sentirme mal y a estar peor que antes.

Cristiano. –¿Qué era lo que traía una y otra vez los pecados a tu memoria?

Esperanza. –Muchas cosas: por ejemplo, simplemente el encontrarme a un hombre justo y bueno en la calle; el escuchar alguna lectura de la Biblia; un simple dolor de cabeza; el hecho de que algún vecino estaba enfermo o el oír tocar la campana a un muerto. La idea misma de la muerte; el escuchar referir o presenciar una muerte repentina me aterrorizaba; pero, sobre todo, el pensar en mi propio estado y que muy pronto iba a comparecer a juicio.

Cristiano. –¿Y pudiste alguna vez sentir alivio del peso de tu pecado, cuando en alguna de estas formas se te hacía presente?

Esperanza. –Al contrario, entonces la convicción tomaba más firme posesión de mi conciencia, y sólo pensar en volver al pecado era un doble tormento para mí, pues mi corazón estaba vuelto contra él.

Cristiano. –¿Y cómo te las arreglabas para solventar esta situación?

Esperanza. –Pensaba en que debía hacer esfuerzos para enmendar mi vida, porque de otra manera mi condena era segura.

Cristiano. –¿Y lo hiciste?

Esperanza. –Sí, y huía no sólo de mis pecados, sino también a mis compañeros de pecado, y me ocupaba en prácticas religiosas, como orar, leer, llorar por mis pecados, hablar la verdad a mis vecinos, etc. Hacía esas cosas y otras muchas más que sería largo y difícil enumerar.

Cristiano. –¿Y te creías ya bueno con eso?

Esperanza. –Sí, por poco tiempo. Pero muy pronto volvía a abrumarme mi aflicción, y eso a pesar de todos los cambios y reformas que había impuesto en mi vida y aplicado a mi conducta.

Cristiano. –Pero ¿cómo es que habiendo reformado tu conducta volvía a molestarte la conciencia?

Esperanza. –Las causas eran diversas. Recordaba palabras como éstas: «todas nuestras justicias ante Dios son como un trapo de inmundicia»;[206] «por las obras de la ley, ninguna carne será justificada»;[207] «cuando hubiereis hecho todas estas cosas decid: siervos inútiles somos»,[208] y otras muchas por este estilo. Tales palabras me hacían reflexionar de ese modo: si todas mis justicias son trapos de inmundicia; si por las obras de la ley nadie puede ser justificado y si cuando lo hayamos hecho todo aún somos siervos inútiles; es una necedad pensar que podemos llegar al cielo por la ley. Además, llegué a esta conclusión: si un hombre contrajo en el pasado una deuda enorme con un comerciante, aunque después le pague al contado todo lo que compre, su antigua deuda sigue pendiente y sin borrar en el libro de deudores del comerciante, y cualquier día ese comerciante podrá perseguirle por ella y meterlo en la cárcel hasta que la pague.

Cristiano. –¿Y cómo aplicaste esto a tu propio caso?

Esperanza. –Reflexioné de la siguiente forma: por mis pecados he contraído una enorme deuda con Dios, y por mucho que ahora me esfuerce en ser bueno, eso no podrá liquidar aquella deuda; de modo que, más allá de todos mis cambios, reformas y enmiendas en mi vida presente, tengo que pensar en el modo de librarme de esa condenación en la que incurrí por mis transgresiones anteriores.

Cristiano. –Es una gran verdad, pero... sigue, sigue.

Esperanza. –Otra de las cosas que más me siguió inquietando, a pesar de mi reforma en la conducta, era que cuando me paraba a examinar minuciosamente aun mis mejores acciones, siempre podía ver en ellas pecado, nuevo pecado mezclándose con todo lo mejor que podía hacer. De manera que me vi obligado a concluir que, a pesar de todos mis esfuerzos y prácticas piadosas, en un solo día cometía pecado bastante como para hundirme en el infierno, aunque mi vida anterior hubiese sido intachable.

Cristiano. –¿Y qué hiciste después de estos pensamientos?

Esperanza. –¿Qué hice? No sabía qué hacer hasta que abrí mi corazón a Fiel, porque él y yo nos conocíamos mucho, y me dijo que únicamente a través de la justicia de un hombre que nunca hubiese cometido pecado, podría salvarme; puesto que ni mi propia justicia ni la de todo el mundo era bastante para ello.

Cristiano. –¿Y te pareció eso verdad?

---

[206] Isaías 64:6.
[207] Gálatas 2:16.
[208] Lucas 17:10.

Esperanza. –Si me lo hubiera dicho al principio, cuando estaba tan contento y satisfecho con mis propias reformas y cambio de vida, le hubiera llamado necio; pero al considerar mi propia debilidad y el pecado mezclado en mis mejores acciones, me vi en la necesidad de aceptar y compartir su opinión.

Cristiano. –Pero cuando él te hizo por primera vez esta reflexión, ¿te parecía posible encontrar un hombre tal, de quien se pudiera decir que nunca había pecado?

Esperanza. –Tengo que confesar que sus palabras, en un principio me parecieron muy extrañas; pero después de profundizar en la conversación y de pasar más tiempo con él, me convencí de ello.

Cristiano. –¿Y le preguntaste quién era ese hombre, y como podías ser justificado a través de él?

Esperanza. –Sí, y me dijo: «Es el Señor Jesús que está a la diestra del Altísimo». Y añadió: «has de ser justificado por Él de esta manera, confiándote en lo que Él, por sí mismo, hizo por nosotros en los días cuando andaba en la tierra y lo que sufrió cuando fue colgado en el madero».[209] Le pregunté, además, cómo podía ser que la justicia de aquel hombre pudiese tener tal eficacia que justificase a otro delante de Dios, y me dijo que aquel Jesús era el mismo Dios todopoderoso, y que lo que hizo y la muerte que padeció no eran para sí mismo, sino para mí, a quien serían imputados sus hechos y todo su valor al creer en él.

Cristiano. –¿Y qué hiciste entonces?

Esperanza. –Hice objeciones contra la fe, porque me daba la impresión que el Señor no estaría dispuesto a salvarme.

Cristiano. –¿Y qué te dijo Fiel entonces?

Esperanza. –Me dijo que acudiera a Él y viera por mí mismo. Yo le objeté que esto sería presunción de mi parte; y él me contestó que no, que había sido invitado a ir. En esto me dio un libro que Jesús había dictado, para animarme a acudir a Él con más libertad, añadiendo que cada punto y cada coma, cada jota y tilde, en este libro, estaban más firmes que el cielo y la tierra.[210] Entonces le pregunté qué era lo que debía hacer para acercarme a Él; y me enseñó que debía invocarle de rodillas,[211] debía implorar con todo mi corazón y con toda mi alma[212] al Padre que revelase a su Hijo en mí. Volví a preguntar acerca de cómo debía hacerle mis plegarias, y me dijo: «Vete y le hallarás sentado sobre un propiciatorio, donde permanece para siempre para otorgar

---

[209] Romanos 4:5; Colosenses 1:14; 1ª Pedro 1:19.
[210] Mateo 24:35.
[211] Salmo 95:6.
[212] Jeremías 29:12,13.

el perdón y la remisión de pecados a los que se le acercan».[213] Le manifesté que no sabría qué decir cuando me presentaste ante Él, y me recomendó que le dijese palabras como éstas: «Dios, sé propicio a mí pecador», y «Hazme conocer y creer en Jesucristo, porque reconozco que si no hubiera existido su justicia o si no tuviera yo fe en ella, estaría del todo perdido». «Señor, he oído que eres un Dios misericordioso, y que has puesto a tu Hijo Jesucristo como Salvador del mundo, y que estás dispuesto a concedérselo a un pobrecito pecador como yo, y en verdad que soy pecador. Señor, manifiéstate en esta ocasión y ensalza tu gracia en la salvación de mi alma mediante tu Hijo Jesucristo. Amén.»

Cristiano. –¿Y lo hiciste así?

Esperanza. –Sí; una y mil veces.

Cristiano. –¿Y el Padre te reveló a su Hijo?

Esperanza. –No; ni la primera, ni la segunda, ni la tercera, ni la cuarta, ni la quinta, ni aun la sexta vez.

Cristiano. –¿Y qué hiciste al ver esto?

Esperanza. –No sabía qué hacer.

Cristiano. –¿No estuviste tentado a abandonar la oración?

Esperanza. –Sí; doscientas veces.

Cristiano. –¿Y cómo es que no lo hiciste?

Esperanza. –Porque creía firmemente que era verdad todo lo que Fiel me había dicho, a saber: que sin la justicia de este Cristo, ni todo el mundo sería poderoso para salvarme, y, por tanto, reflexionaba así conmigo mismo: si abandono, estoy muerto, y morir por morir, prefiero morir al pie del trono de la gracia. Además, me vinieron a la memoria estas palabras: «Aunque se tardare, espéralo, que sin duda vendrá; no tardará».[214] Así, que seguí orando hasta que el Padre me revelase a su Hijo.

Cristiano. –¿Y cómo te fue revelado?

Esperanza. –No le vi con los ojos del cuerpo, sino con los del entendimiento.[215] Y fue de esta manera: un día estaba muy triste, más triste, según recuerdo, de lo que jamás había estado en mi vida; y esta tristeza venía causada por una nueva revelación de la magnitud y vileza de mis pecados; y cuando desesperado, ya no esperaba otra cosa que el infierno, la eterna condenación de mi alma, de repente, me pareció ver al Señor Jesús mirándome desde el cielo, y diciéndome: «Cree en el Señor Jesucristo y serás salvo».[216]

---

[213] Éxodo 25:22; Hebreos 4:16.
[214] Habacuc 2:3.
[215] Efesios 1:18,19.
[216] Hechos 16:31.

Pero -objeté-, «Señor, soy un pecador grande, muy grande». Y me respondió: «Bástate mi gracia».[217]

Volví a decirle: «Pero, Señor, ¿qué cosa es creer?».

Y vinieron a mi mente aquellas palabras: «El que a mí viene nunca tendrá hambre y el que en mí cree, no tendrá sed jamás».[218]

Entonces comprendí que el creer y el venir era todo una misma cosa, y que aquél que viene; es decir, que corre en su corazón y afectos tras la salvación por Cristo, aquél, en realidad, cree en Cristo. Al darme cuenta de esto, mis ojos se inundaron de lágrimas y seguí preguntando: «Pero, Señor, ¿puede, en verdad, un pecador tan grande como yo ser aceptado de ti y ser salvo por ti?». Y le oí decir:

«Al que a mí viene no le echo fuera».[219]

Y dije «Pero, Señor, ¿cómo he de pensar de ti, al venir a ti para que mi fe esté bien puesta en ti?». Y me dijo: «Jesucristo vino al mundo por salvar a los pecadores».[220] «Él es el fin de la ley para justicia a todo aquel que cree.»[221] «Él fue entregado por nuestros delitos y resucitado para nuestra justificación».[222] «Nos amó, y nos ha lavado de nuestros pecados con su sangre».[223] «Él es el mediador entre Dios y nosotros».[224] «Él vive siempre para interceder por nosotros».[225]

De todo lo cual concluí que debía buscar mi justificación en su persona, y la satisfacción de mis pecados en su sangre; que lo que hacía Él, obedeciendo a la ley de su Padre y sometiéndose a la pena de ella, no era para sí mismo, sino para aquel que lo quiere aceptar para su salvación y que es agradecido; y entonces mi corazón se llenó de gozo, mis ojos de lágrimas y mis afectos rebosando de amor al nombre, al pueblo y a los caminos de Jesucristo.

Cristiano. —Esta fue, en verdad, revelación de Cristo a tu alma, pero especifícame los efectos que produjo en tu espíritu.

Esperanza. —Me hizo ver que todo ser humano, a pesar de toda su propia justicia, está en estado de condenación; que Dios el Padre, aunque es justo, puede con justicia justificar al pecador que viene a Él. Me hizo sentir profundamente avergonzado de mi vida anterior, y me humilló, haciéndome conocer y sentir mi propia ignorancia, porque

---

[217] 2ª Corintios 12:9.
[218] Juan 6:35.
[219] Juan 6:37.
[220] 1ª Timoteo 1:15.
[221] Romanos 10:4.
[222] Romanos 4:25.
[223] Apocalipsis 1:5.
[224] 1ª Timoteo 2:5.
[225] Hebreos 7:25.

hasta entonces no había venido a mi corazón un solo pensamiento que de tal manera me hubiese revelado la hermosura de Jesucristo. Me hizo desear una vida santa, y anhelar el hacer algo para la honra y gloria del nombre del Señor Jesús; hasta me pareció que si tuviera ahora mil vidas, estaría dispuesto a perderlas todas por la causa del Señor Jesús.

CAPÍTULO XIX

Los peregrinos hablan de nuevo con Ignorancia, y descubren en sus palabras el lenguaje de un cristiano sólo de nombre, que no reconoce su estado de condenación ni su necesidad de ser perdonado y justificado por gracia. Conversación acerca de Temporario, la cual es un aviso terrible y saludable para el lector.

Cuando Esperanza concluyó la exposición de su testimonio personal, volvió los ojos atrás y viendo a Ignorancia, que los seguía, dijo a Cristiano:

Esperanza. –Poco se esfuerza ese joven por alcanzarnos.

Cristiano. –Sí, ya veo; parece que no le gusta nuestra compañía.

Esperanza. –Pues creo que no le hubiera venido mal el habernos acompañado y haber escuchado lo que hemos hablado.

Cristiano. –Es cierto; pero apuesto a que él piensa de muy diferente manera.

Esperanza. –Sí, así lo creo; sin embargo, esperémosle. (Y así hicieron.) Cuando Ignorancia estuvo ya con ellos, Cristiano dijo:

Cristiano. –Vamos, hombre; ¿por qué te demoraste tanto?

Ignorancia. –No me gusta mucho andar solo, prefiero hacerlo en compañía, salvo que la compañía sea poco grata -Entonces Cristiano acercándose al oído de Esperanza le susurró: «¿No te dije que no le gustaba nuestra compañía?»

Cristiano. –Vamos, hombre acércate, y utilicemos el tiempo mientras caminamos por este lugar solitario para una buena conversación. Di, ¿cómo te van las cosas? ¿cómo marchan tus relaciones con tu alma?

Ignorancia. –Confío que bien; siempre voy sobrado de buenos pensamientos y buenos propósitos que acuden a mi mente para consolarme en mi camino.

Cristiano. –¿Qué buenos pensamientos son esos?

Ignorancia. –Pienso en Dios y en el cielo.

Cristiano. –Esto hacen también los demonios y las almas condenadas.

Ignorancia. −Pero yo medito en ello y lo deseo.

Cristiano. −Así hacen también muchos que no tienen capacidad alguna de llegar a ellos jamás; el alma del perezoso desea pero nada alcanza.[226]

Ignorancia. −Pero yo pienso en ello, y lo abandono todo por ello.

Cristiano. −Mucho lo dudo, porque eso de abandonarlo todo es cosa muy difícil. Sí, más difícil de lo que muchos imaginan. Pero ¿en qué te apoyas para decir que lo has abandonado todo por Dios y el cielo?

Ignorancia. −Mi corazón me lo dicta.

Cristiano. −Dice el Sabio que «el que confía en su corazón es necio».[227]

Ignorancia. −Eso es cuando el corazón es malo; pero el mío es bueno.

Cristiano. −¿Y cómo lo pruebas?

Ignorancia. −Me consuelo con la esperanza del cielo.

Cristiano. −Eso bien puede ser un engaño; porque el corazón del hombre es tan sutil, que puede llegar a proporcionarle consuelo con la esperanza de aquello mismo que no tiene fundamento alguno para esperar.

Ignorancia. −Pero mi corazón y mi vida se armonizan perfectamente, y, por tanto, mi esperanza está bien fundada.

Cristiano. −¿Quién te ha dicho que tu corazón y tu vida están en armonía?

Ignorancia. −Me lo dice el corazón.

Cristiano. −Esto, es lo mismo que preguntarle a mi compañero de correrías si soy un ladrón. ¡Tu corazón te lo dice! Si la palabra de Dios no da testimonio de ello, cualquier otro testimonio no es de ningún valor.

Ignorancia. −Pero ¿acaso el corazón que tiene buenos pensamientos no es un corazón bueno? ¿Y no es buena la vida que está en armonía con los mandamientos de Dios?

Cristiano. −Sí; es verdad. El corazón que tiene buenos pensamientos, es un corazón bueno, y la vida buena que está en armonía con los mandamientos de Dios es una vida buena; pero, una cosa es tenerlos realmente y otra cosa pensar que se tienen.

Ignorancia. −Dime, pues, ¿qué entiendes tú por buenos pensamientos y por vida conforme a los mandamientos de Dios?

Cristiano. −Hay buenos pensamientos de diversas clases: unos, acerca de nosotros mismos; otros, acerca de Dios y Cristo, y otros, acerca de otras cosas.

Ignorancia. −¿Cuáles son los pensamientos buenos acerca de nosotros mismos?

---

[226] Proverbios 13:4.
[227] Proverbios 8:26.

Cristiano. –Los que estén en conformidad con la palabra de Dios.

Ignorancia. –¿Y cuándo están conformes nuestros pensamientos acerca de nosotros mismos con la palabra de Dios?

Cristiano. –Cuando hacemos de nosotros los mismos juicios que hace la Palabra. Me explicaré. Dice la palabra de Dios respecto a los hombres que se encuentran en su estado natural, que «no hay justo, ni aún uno, que no hay quien haga el bien». Dice también que «todo designio de los pensamientos del corazón del hombre es, de continuo, solamente el mal»;[228] y añade: «el instinto del corazón del hombre es malo desde su juventud».[229] Pues bien; cuando pensamos acerca de nosotros mismos de esta misma manera, y lo sentimos verdaderamente, entonces, nuestros pensamientos son buenos, porque están en armonía con la palabra de Dios.

Ignorancia. –Nunca voy a creer que mi corazón es tan malo.

Cristiano. –Por eso mismo, nunca has tenido en toda tu vida un solo pensamiento bueno sobre ti mismo; pero déjame seguir, de la misma manera que la Palabra pronuncia sentencia sobre nuestros corazones, la pronuncia también sobre nuestros caminos; y cuando nuestros juicios acerca de nuestros corazones y nuestros caminos, concuerdan con el juicio que de ellos hace la Palabra, entonces, ambos son buenos, porque están en conformidad unos con otros.

Ignorancia. –Explícame el sentido de esas palabras.

Cristiano. –Dice la palabra de Dios que «los caminos del hombre son torcidos», que «no son buenos, sino perversos»; dice que «los hombres, por naturaleza, se han extraviado del camino, que no lo han conocido siquiera».[230]

Ahora bien; cuando un hombre piensa así de sus caminos, es decir, cuando piensa, con sentimiento y humillación de corazón, entonces es cuando tiene buenos pensamientos respecto a sus propios caminos, porque sus juicios concuerdan entonces con el juicio de la palabra de Dios.

Ignorancia. –¿Y qué son buenos pensamientos acerca de Dios?

Cristiano. –Lo mismo que te he dicho acerca de los pensamientos sobre nosotros mismos: cuando nuestros pensamientos sobre Dios concuerdan con lo que la Palabra dice de Él, esto es, cuando pensamos en su ser y atributos tal como la Palabra enseña sobre ellos; pero en esto prefiero no entrar por ahora. En lo que respecta a las relaciones de Dios con nosotros, tenemos pensamientos buenos y rectos acerca de Él, cuando pensamos que Él nos conoce mejor que nosotros

---

[228] Génesis 6:5; Romanos 3:10.

[229] Génesis 8:21.

[230] Proverbios 2:15; Romanos 3:12,17.

a nosotros mismos, y puede ver el pecado en nosotros, aún cuando nosotros no lo veamos; cuando pensamos que Él conoce nuestros pensamientos más íntimos, y que aún en lo más profundo de nuestro corazón está siempre al descubierto delante de sus ojos; cuando pensamos que todas nuestras justicias hieden ante Él, y, por tanto, no puede sufrir que estemos en su presencia con confianza alguna en nuestras obras, aun las mejores.

Ignorancia. –¿Te parezco tan necio como para que no sepa que Dios ve mucho más que lo que yo veo, o que me atrevería a presentarme ante Él tratando de justificarme aún con la mejor de mis buenas obras?

Cristiano. –Pues entonces, dime, ¿cuál es tu opinión en esto?

Ignorancia. –Pues, para decirlo en pocas palabras, creo que, para ser justificado, es necesario tener fe en Cristo.

Cristiano. –¿Y cómo entiendes tú el tener fe en Cristo, cuando no ves la necesidad de Él; cuando no tienes conciencia de tus flaquezas, debilidades, y pecados, ni originales ni actuales? Es evidente que tienes de ti mismo y de lo que haces, una opinión tal, que demuestra, muy claramente, que nunca has visto la necesidad de que te sea imputada la justicia de Cristo para justificarte delante de Dios. ¿Cómo, siendo esto así, puedes decir: Yo creo en Cristo?

Ignorancia. –Pues, a pesar de eso, creo en Él, con sinceridad y con firmeza.

Cristiano. –¿Y qué crees?

Ignorancia. –Creo que Cristo murió por los pecadores, y que por ello yo seré justificado delante de Dios y libre de la maldición, puesto que Él acepta generosamente mi obediencia a su ley; o, para decirlo de otra manera: Cristo hace que mis prácticas religiosas sean aceptables a su Padre, en virtud de sus méritos, y de este modo, yo soy justificado.

Cristiano. –Permíteme que replique a esta, tu confesión de fe, que acabas de hacer:

1.º Esa fe, con la que dices creer es una fe irreal y fantástica, puesto que tal fe no la encuentro así escrita en ninguna parte de la Palabra.

2.º Esa fe, con la que dices creer, es una fe falsa, porque quita la justificación de la justicia personal de Cristo y la aplica a la tuya propia.

3.º Esa fe, con la que dices creer, afirma que Cristo lo que hace es justificar no tu persona, sino tus acciones, y luego, tu persona es justificada por medio tus acciones previamente justificadas por Cristo, pero eso es absolutamente falso. Por tanto:

4.º Esa fe, con la que dices creer, es una fe engañosa, hasta el punto que te dejará bajo la ira en el día del Dios Altísimo; porque la verdadera fe justificante, hace que el alma, convencida por la ley de su miserable condición pecadora, acuda en busca de refugio a la justicia de Cristo (y esa justicia no es un acto de gracia por medio del cual hace que tu obediencia sea aceptada por parte de Dios para la justificación, sino su obediencia personal a la ley, que le llevó a sufrir y cumplir por nosotros lo que la Ley exigía de nosotros). Ésta es la justificación que la verdadera fe cree y acepta, no otra, y bajo su manto el alma se halla protegida, se presenta sin mancha delante de Dios, y es aceptada y absuelta de la condenación.

Ignorancia. –Pero ¿qué dices? ¿pretendes que nos confiemos en lo que Cristo ha hecho por nosotros en su persona sin ninguna participación o aportación de nuestra parte? Esta fantasía daría rienda suelta a nuestras concupiscencias, y nos daría licencia para vivir según nuestro propio antojo; pues, de ser así ¿qué nos importaría el cómo viviésemos, si de todos modos, hagamos lo que hagamos, podemos ser justificados de todo por la justicia personal de Cristo con sólo tener fe en ella?

Cristiano. –Ignorancia te llamas, y es una gran verdad; pues eso eres; y esa, tu última contestación, lo pone en evidencia. Ignorante estás de lo que es la justicia que justifica, y también ignorante de cómo has de asegurar y proteger tu alma por medio de la fe de la terrible ira de Dios. También ignoras los verdaderos efectos de esta fe salvadora en la justicia de Cristo, que son: obtener el favor de Dios en Cristo, inclinando Su corazón a nuestro favor por los méritos exclusivos de Su justicia; y amar su nombre, su palabra, sus caminos y su pueblo, y no como tú, en tu ignorancia, te lo imaginas.

Esperanza. –Pregúntale si alguna vez se le ha revelado Cristo desde el cielo.

Ignorancia. –¿Cómo? ¿Así que tú eres de esos que creen en revelaciones? Vaya, creo que lo que tú y tu compañero decís sobre este tema no es más que el fruto de un cerebro desequilibrado.

Esperanza. –Pero... ¿qué entiendes tú por desequilibrio? Cristo está, en Dios, tan escondido de la compresión natural de la carne, que nadie puede conocerle de una manera salvadora, si Dios, el Padre, no se lo revela.

Ignorancia. –Esa será tu manera de verlo y tu forma de creer, pero no la mía; y, sin embargo, no dudo de que la mía sea tan buena como la tuya, aunque mi forma de ver y entender las cosas difiera de la vuestra.

Cristiano. –Permitidme que intervenga, pues no creo que debamos hablar tan a la ligera de este asunto. Yo afirmo rotunda y resueltamente lo mismo que mi compañero: que ningún hombre puede conocer a

Jesucristo a menos que el Padre se lo revele. Más aún: que la fe, por la cual el alma se hace de Cristo, para ser una fe recta, ha de ser operada por la supereminente grandeza de su poder.[231] De esta operación de la fe percibo que nada sabes, pobrecito Ignorancia. Despiértate, pues, reconoce tu propia miseria y acude al Señor Jesús, y por su justicia, que es la justicia de Dios (porque él mismo es Dios), serás librado de la condenación.

Ignorancia. –Camináis muy de prisa y no puedo andar a vuestro paso; pasad delante pues quiero detenerme y hacer una pausa.

Y se despidió de ellos.

Entonces Cristiano dijo a su compañero:

Cristiano. –Vamos, pues, buen Esperanza; está visto que tú y yo hemos de andar en solitario.

Comenzaron, pues, a caminar a buen paso, mientras Ignorancia los seguía a lo lejos, cojeando; y mientras caminaban escuché que mantenían el siguiente diálogo:

Cristiano. –Que lástima me da este pobre. Creo que al fin lo va a pasar muy mal.

Esperanza. –Desgraciadamente, hay muchísimos en nuestra ciudad que están en la misma condición, familias enteras, calles enteras; y eso que son también peregrinos. Y si tantos hay en nuestra ciudad, calcula cuántos habrá en el lugar donde él nació.

Cristiano. –Sí, con razón la Palabra dice, en verdad: «Les ha cerrado los ojos para que no vean...».

Pero ahora que estamos otra vez solitos, dime: ¿qué opinas de tales personas? ¿Crees tú que alguna que otra vez tengan convicción de pecado y, por consiguiente, temores de que están en estado peligroso?

Esperanza. –Esa pregunta nadie mejor que tú mismo puede contestarla, pues eres mayor que yo.

Cristiano. –Yo opino que es posible que los tengan alguna que otra vez; pero siendo por naturaleza ignorantes, no comprenden que ese temor y esa convicción tiende a su provecho, y buscan por todos medios y maneras la forma de ahogarla, y siguen adulándose presuntuosamente a sí mismos en el camino de sus propios corazones.

Esperanza. –En efecto, opino, como tú, que el miedo les hace mucho bien y sirve para que caminen con rectitud al principio de su peregrinación.

Cristiano. –No podemos dudar que es bueno y provechoso, pues así lo dice la Palabra: «El temor de Jehová es el principio de la sabiduría».[232]

---

[231] Mateo 11:27; 1ª Corintios 12:3; Efesios 1:17-19.
[232] Job 28:28; Salmo 111:10; Proverbios 9:10.

Esperanza. –¿Cómo explicarías tú que el miedo sea algo bueno?

Cristiano. –Esa concepción de miedo hace que sea bueno por tres razones:

1.° Por su origen, puesto que es fruto de la convicción salvadora de pecado.

2.° Porque empuja al alma a asirse de Cristo para la salvación.

3.° Porque crea y mantiene en el alma un enorme sentido de reverencia hacia Dios, hacia su Palabra, y sus caminos; lo que hace que el alma se mantenga sensible y temerosa de apartarse de ellos a diestra o a siniestra, y tema constantemente hacer alguna cosa que pudiera deshonrar a Dios, alterar su paz, contristar al Espíritu Santo, o ser causa de que el enemigo nos hiciese algún reproche.

Esperanza. –Estoy conforme; creo que has dicho la verdad. ¿No hemos salido todavía del terreno encantado?

Cristiano. –¿Qué pasa? ¿Te cansa esta conversación?

Esperanza. –No, desde luego; pero quisiera saber dónde estamos.

Cristiano. –Aún nos falta como una legua que andar para salir de él; pero volvamos a nuestro tema. Los ignorantes no saben que esas convicciones que les atemorizan, son para su bien, y por esto procuran ahogarlas.

Esperanza. –¿Y cómo procuran ahogarlas?

Cristiano. –

1.° Creen que esos temores son obra del demonio (aunque en realidad son de Dios), y por tanto, los resisten como cosas que les amenazan y tienden directamente a su ruina.

2.° Creen también, y honestamente, que tales temores perjudican su fe, cuando, ¡desgraciados de ellos!, no tienen fe alguna, y esto les lleva a endurecer su corazón.

3.° Creen que, como cristianos, no deberían tener ningún temor, y por esto, a pesar de sus temores, se muestran vanamente confiados.

4.° Creen que tales temores tienden a socavar su antigua y miserable santidad personal, y en consecuencia, los resisten con todas sus fuerzas.

Esperanza. –Algo de esto ha sido mi propia experiencia, porque antes de conocer la verdadera fe, experimenté lo que acabas de decir.

Cristiano. –Bueno, pienso que es mejor que dejemos por ahora a nuestro vecino Ignorancia y sus ideas, y hablemos de algún otro tema de provecho.

Esperanza. –Me parece estupendo; pero de nuevo te suplico que lo propongas también tú.

Cristiano. –Pues bien; ¿conociste allá en tu tierra, hace cosa de unos diez años, a un tal Temporario, que por entonces era un hombre bastante fervoroso en religión?

Esperanza. –¡Oh! Sí, no lo he olvidado; vivía en Singracia, un pueblo que dista cosa de media legua de Honradez, y su casa era contigua a la de un tal Vuelve-atrás.

Cristiano. –Exactamente, vivían bajo el mismo techo. Bueno, pues el tal Temporario, en aquella época, tenía los ojos abiertos en cuanto a la verdadera fe y también tenía una cierta convicción de sus pecados y de la paga que les corresponde.

Esperanza. –Así era, efectivamente. Su casa no distaba más que una legua de la mía, y solía muchas veces acudir a mí con lágrimas en los ojos. Me daba mucha pena, y nunca perdí del todo mis esperanzas sobre él. Pero está visto que no son cristianos todos los que dicen: ¡Señor, Señor!

Cristiano. –Una vez me dijo que estaba resuelto a partir en peregrinación, como hacemos nosotros ahora; pero de repente entró en contacto con un tal Sálvese-Ud-mismo, y a partir de entonces dejó mi amistad.

Esperanza. –Pues ya que hablamos de él, analicemos la razón de su repentina apostasía y de la de otros como él.

Cristiano. –Correcto, pues sin duda que nos será de mucho provecho; pero esta vez empieza tú.

Esperanza. –Pues bien; en mi criterio, hay cuatro razones para esa actitud:

1.ª Tales personas, tienen abierta la conciencia, sin embargo, sus corazones no han sido transformados; en consecuencia, cuando disminuye en ellos el sentimiento de culpa, desaparece también el anhelo de religiosidad, y, naturalmente, vuelven otra vez a sus antiguos caminos; del mismo modo que el perro vuelve a su vómito, y la puerca lavada a volcarse en el cieno.[233] Como te he dicho, buscan con avidez el camino al cielo, movidos únicamente por su terror a los tormentos del infierno, por ello, en la medida en que disminuye su miedo al infierno y su temor a la condenación, disminuyen también y finalmente desaparecen por completo sus deseos del cielo y de la salvación, por lo que acaban cediendo a los deseos de la carne y vuelven a sus viejos caminos.

2.ª Otra razón, es, que sus temores son serviles, es decir no son genuino temor de Dios, sino temor de los hombres, y «el temor del

---

[233] 2ª Pedro 2:22.

hombre pondrá lazo».[234] Por ello, aunque aparentan muy ávidos del cielo mientras sienten las llamas del infierno bajo sus pies, cuando ese terror se reduce, les vienen otros pensamientos, como por ejemplo, que es bueno ser prudente y no arriesgarlo todo en la vida por algo de lo que no hay certeza absoluta, o a lo menos, que no es bueno meterse por ello en problemas y aflicciones evitables e innecesarias, de modo que hacen las paces de nuevo con el mundo.

3.ª También, el menosprecio y vergüenza que suele acompañar a la verdadera fe, suele convertirse para ellos en piedra de tropiezo; son orgullosos y altivos, y la religión, para ellos, es cosa de viejas y gente crédula, de bajo nivel intelectual. Por ello, una vez perdido el miedo al infierno y a la ira venidera, vuelven a su antiguo modo de vivir.

4.ª El sentimiento de culpa, y el sentir temor y temblor por causa de ella, se les hace muy gravoso; no les gusta contemplar sus propias miserias; pues aunque tal vez esto les llevaría de entrada a cambiar de vida, a refugiarse con los justos, como que se da la circunstancia que, de entrada, rechazan instintivamente todo sentimiento de culpa y todo concepto de terror al juicio venidero, una vez se han hecho insensibles a sus convicciones de culpabilidad y al temor a la ira de Dios, endurecen voluntariamente sus corazones, y eligen, precisamente, los caminos que más contribuyen a este endurecimiento.

Cristiano. –Creo que vas bastante acertado, porque el fundamento de todo es la ausencia de un cambio en el corazón y en la voluntad, por eso, son semejantes al reo cuando está delante del juez. Se estremece y tiembla, y aparenta arrepentirse de todo corazón; pero la causa de este arrepentimiento es el terror que siente ante la horca más que la vergüenza y el odio al delito cometido; y por tanto, si queda en libertad, sigue siendo un ladrón y un malvado como antes. Por contra, si realmente se hubiera producido un cambio genuino en su corazón, hubiera cambiado también, radicalmente su conducta.

Esperanza. –Y ahora, ya que yo te he mostrado las causas de la apostasía muéstrame tú la razón de ella.

Cristiano. –Voy a hacerlo con mucho gusto:

1.º Apartan sus pensamientos todo lo que pueden de la meditación y el recuerdo de Dios, de la muerte y del juicio venidero.

2.º Poco a poco, van degradando su vida espiritual, abandonan sus devociones personales, dejan de orar en privado, no evitan los pensamientos de concupiscencia, bajan la guardia sobre sí mismos, dejan de sentir dolor por sus pecados, y otras cosas semejantes.

---

[234] Proverbios 29:25.

3.º A continuación, evitan la relación y la compañía de los cristianos fervorosos y entusiastas.

4.º Se van enfriando también en lo que respecta a su vida espiritual pública; abandonan la lectura de la Biblia, dejan de asistir a la iglesia y de escuchar la predicación de la palabra, evitan el trato piadoso con otros cristianos, etc.

5.º Gustan de criticar y despellejar con la lengua a las personas piadosas, con el pretexto de algunas debilidades que han descubierto en ellas, buscando con ello una excusa aparente para denostar la religión.

6.º Después, buscan la amistad de hombres carnales, licenciosos y livianos.

7.º Luego, se entregan secretamente a conversaciones carnales y livianas, alegrándose de descubrir debilidades semejantes en algunos que son tenidos por honrados, pues esto les permita ampararse en ellos y poder hacerlo con más descaro y atrevimiento.

8.º Finalmente, comienzan a ceder abiertamente a los pecadillos, que califican como cuestiones de poca entidad.

9.º Así, van endureciéndose cada vez más, hasta manifestarse del todo como son. De este modo, habiéndose lanzado ellos mismos al abismo de la miseria, si un milagro de la gracia divina no lo previene, perecen para siempre en sus propios engaños.

CAPÍTULO XX

Cristiano y Esperanza pasan por el agradable país de Tierra-habitada, atraviesan sin sufrir daños el río Muerte y son admitidos en la gloriosa Ciudad-de-Dios.

Después de estas agradables pláticas que acabo del referir, vi, en mi sueño, que los peregrinos habían pasado ya la Tierra-Encantada y estaban a la entrada de país de Beulah.[235]

En este lugar, el aire era muy dulce y agradable y como quiera que el camino pasaba por medio de él, se recrearon allí por algún tiempo. Disfrutaron escuchando el canto de los pájaros y contemplando las flores que aparecían por doquier en la tierra. En este país, el sol brilla de día y de noche, por lo que no mantiene conexión alguna con el Valle-sombra-de-Muerte ni sus habitantes están al alcance del gigante Desesperación; desde allí no se divisaba ni la más mínima parte de las almenas del Castillo-de-la-Duda; todo lo contrario, estaban a la vista de la ciudad a la que se dirigían. Porque por ese país solían pasearse los Resplandecientes, puesto que estaba casi dentro de los límites del cielo. En ese país se renovó el pacto entre el Esposo y la Esposa, y como ellos se gozan entre en sí, así se goza con ellos el Dios de ellos; allí no faltaba trigo ni vino, antes bien había abundancia de lo que habían buscado en su peregrinación. Y se escuchaban voces potentes que salían de la ciudad y decían, «Decid a las hijas de Sión, he aquí viene tu Salvador, he aquí su recompensa con Él».[236]

Tan pronto llegaron, los habitantes del país los llamaron «Pueblo santo, redimidos de Jehová».[237]

¡Dichosos ellos! Según iban caminando por ese país, sentían cada vez más regocijo, y cuanto más se acercaban a la ciudad, tanto más magnífica y perfecta era la vista que se les presentaba. Estaba edificada con perlas y piedras preciosas; sus calles estaban empedradas de oro; hasta el punto que, a causa del brillo natural de la ciudad y del reflejo de los rayos del sol, Cristiano enfermó de deseo. Esperanza

---

[235] Isaías 62:4-12; Cantares 2:10-12.
[236] Mateo 21:5.
[237] Isaías 52:12.

experimentó también uno o dos ataques de la misma enfermedad, por lo cual tuvieron que reclinarse allí un poco, exclamando en medio de su ansiedad: «Si halláis a mi amado, hacedle saber cómo de amor estoy enfermo».[238] Mas, ya un poco más fortalecidos y capaces de sobrellevar su enfermedad, prosiguieron el camino, acercándose cada vez más y más hacia un lugar donde había viñedos frondosos y deliciosísimos jardines, cuyas puertas estaban abiertas sobre el camino. Encontraron al jardinero, y dirigiéndose a él, preguntaron ¿De quién son estos viñedos y jardines tan hermosos? Les contestó:

–Son del Rey, y se han plantado para su deleite y para solaz de los peregrinos. -Y les hizo entrar en los viñedos; les mandó refrescarse con lo más regalado de sus frutos; les mostró también las avenidas, los paseos y cenadores donde el Rey se deleitaba, y, por último, los invitó a detenerse y a dormir allí.

Vi, también, que mientras dormían, hablaban más que durante todo su viaje; y extrañado, pregunté al jardinero: por qué les sucedía una cosa tan extraña.

–¿Por qué te extrañas de esto? Es por el fruto de estas viñas, tiene un don sobrenatural que después de entrar con suavidad hace hablar los labios de los que duermen.[239]

Cuando se despertaron, comenzaron a prepararse para continuar y acercarse más a la ciudad; pero ya he dicho que como era de oro fino,[240] el reflejo del sol sobre ella era tal y tan sumamente glorioso, que no pudieron contemplarla con la cara descubierta sino por medio de un instrumento hecho especialmente para ello.[241] Y vi que, según iban andando, salieron a su encuentro dos hombres con vestiduras relucientes como el oro y cuyos rostros brillaban como la luz, quienes les preguntaron de dónde venían, en dónde se habían hospedado, y qué dificultades, peligros, consuelos y placeres habían encontrado en el camino. Una vez los peregrinos hubieron contestado estas preguntas, les dijeron: sólo os restan dos dificultades, e inmediatamente entraréis en la ciudad.

Cristiano y su compañero les pidieron que les acompañasen. Ellos contestaron que lo harían con mucho gusto, pero que las dificultades las tendrían que superar ellos solos con su propia fe; y marcharon juntos hasta llegar a la vista de la puerta de la ciudad.

Una vez allí, vi que entre ellos y la puerta había un río. No había ningún puente para atravesarlo, y el río era muy profundo. A la vista

---

[238] Cantares 5:8.
[239] Cantares 7:9.
[240] Apocalipsis 21:18.
[241] 2ª Corintios 3:18.

del río, los peregrinos se asustaron mucho, pero los hombres que les acompañaban les dijeron:

—Debéis atravesarlo o no podréis llegar a la puerta.

—Pero, ¿no hay otro camino? -preguntaron.

—Sí -les contestaron-; pero únicamente a dos, a saber, Enoch y Elías, se les ha permitido pasar por él desde la fundación del mundo; y a nadie más se permitirá hasta que suene la trompeta final.

Entonces los peregrinos, especialmente Cristiano, comenzaron a desalentarse en su corazón y a mirar a un lado y a otro; pero no conseguían ver ningún camino por el cual pudieran evitar el río. Entonces, preguntaron a los que les acompañaban si el agua tenía la misma profundidad en todas partes. Les dijeron que no, que la encontrarían más o menos profunda dependiendo de su fe en el Rey del país, pero que ellos no podían ayudarles en esto.

Finalmente, se decidieron a entrar en el agua; mas apenas lo habían hecho, Cristiano comenzó a hundirse, gritando asustado a su buen amigo Esperanza:

—Me hundo en las aguas profundas, todas sus olas y sus ondas pasan sobre mí.[242]

Esperanza contestó:

—Ten confianza, hermano; toco fondo y es bueno.

Entonces Cristiano dijo:

—¡Ay!, amigo mío, me han rodeado los dolores de la muerte, y no veré la tierra que mana leche y miel.

En eso Cristiano fue presa del terror y cayo sobre él una gran oscuridad, de tal manera, que no podía ver lo que tenía delante. Perdió también, en parte, sus sentidos, de tal modo que no recordaba ni podía hablar propiamente de ninguna de las cosas agradables que había encontrado en su camino; todas las palabras que pronunciaba daban a entender que tenía el corazón preso del pánico, que sentía horror a hundirse en ese río y no llegar a entrar nunca por la puerta de la ciudad celestial. Los que le rodeaban, se daban cuenta, también que tenía pensamientos muy negativos acerca de los pecados que había cometido, tanto antes como después de hacerse peregrino. Vieron, además, que estaba siendo asediado por apariciones de fantasmas y espíritus malignos, pues de vez en cuando, así lo indicaban sus palabras.

En tal situación, a Esperanza le costaba mucho trabajo mantener la cabeza de su hermano por encima del agua; y algunas veces se hundía irremisiblemente, sumergiéndose por completo, después de lo cual salía del agua casi medio muerto. Esperanza trataba de consolarle y

---

[242] Salmo 42:7.

darle ánimos, hablándole de la puerta y de los que en ella les estaban esperando; pero la respuesta de Cristiano era:

—Es a ti a quien esperan; tú has sido siempre Esperanza durante todo el tiempo que te he conocido; ¡ah!, de seguro que si yo fuera acepto a Él, ahora se levantaría para ayudarme; en cambio, por causa de mis pecados, me ha traído al lazo y me ha abandonado en él.

—Nunca -contestó Esperanza-; ¿has olvidado acaso el texto en que dice de los malos: «Porque no tienen congojas por su muerte, pues su vigor está entero; no pasan trabajos como los otros mortales, ni son azotados como los demás hombres?».[243] Estas aflicciones y molestias por las cuales estás pasando en estas aguas, no son señal alguna de que Dios te haya abandonado, sino que son enviadas para probarte y ver si te acuerdas de lo mucho que anteriormente has recibido de sus bondades, y si confías en él en tus aflicciones.

Estos comentarios dejaron a Cristiano algo meditabundo, por lo que Esperanza añadió:

—Confía, hermano mío; Jesucristo te sana.

Al oír esto Cristiano, prorrumpió en un grito:

—Sí, ya le veo y oigo que me dice: «Cuando pasares por las aguas yo seré contigo, y cuando por los ríos no te anegarán».[244] Con estas frases se animaban mutuamente, y el enemigo nada podía contra ellos, pues quedó como encadenado hasta que hubieron pasado el río. A medida que avanzaban, la profundidad iba disminuyendo y pronto encontraron ya terreno donde hacer pie, hasta que finalmente consiguieron salir del agua.

¡Qué consuelo tan grande experimentaron cuando, en la otra orilla, vieron de nuevo a los Resplandecientes saludándolos y diciéndoles: «Somos espíritus administradores, enviados para servicio a favor de los que serán herederos de la salvación». Así que, confortados, siguieron caminando, acercándose a la puerta.

Es conveniente puntualizar que la ciudad estaba colocada sobre una gran colina; pero los peregrinos la subían con facilidad, porque los Resplandecientes les daban el brazo, y además habían dejado tras de sí, en el río, sus vestiduras mortales; habían entrado en él con ellas, pero salieron sin ellas; por eso subían con tanta facilidad, a pesar de que los cimientos sobre los cuales está fundada la ciudad están más altos que las nubes. ¡Con cuánto placer traspasaban las regiones de la atmósfera, hablando entre sí dulcemente, y consolados porque habían pasado con seguridad el río y tenían a su servicio tan gloriosos compañeros!

---

[243] Salmo 73:4,5.
[244] Isaías 43:2.

¡Qué agradable les resultaba también la conversación que tenían con los Resplandecientes!

—Allí -les decían estos- hay una gloria y hermosura inefables; allí está el monte Sión, la Jerusalén celestial, la compañía de muchos millares de ángeles y los Espíritus de los justos ya perfectos. Ya estáis cerca del Paraíso de Dios, en el cual veréis el árbol de vida y comeréis de su fruta inmarcesible. A la entrada recibiréis vestiduras blancas, y vuestro trato y conversación será siempre con el Rey por todos los días de la eternidad.[245] Allí no volveréis a ver ya más las cosas que veíais y sentíais en la región inferior de la tierra, es decir, dolor, enfermedad, aflicción y muerte, porque todo eso ha pasado ya para vosotros. Vais a juntaros con Abraham, Isaac y Jacob y los profetas, hombres a quienes Dios ha librado del mal venidero, y que ahora descansan en sus lechos por haber andado en su justicia. Vais a recibir allí consuelo por todos vuestros trabajos, y gozo por toda vuestra tristeza; recogeréis lo que sembrasteis en el camino, a saber: el fruto de todas vuestras oraciones, lágrimas y sufrimientos por el Rey.[246]

Ceñiréis a vuestras sienes coronas de oro, y gozaréis de la visión perpetua y la presencia del Santo, porque allí le veréis como Él es.[247] Serviréis continuamente con alabanzas, con voces de júbilo y con acciones de gracias, a Aquél a quien deseabais servir en el mundo, aunque entonces con mucha dificultad, por causa de la debilidad de vuestra carne. Vuestros ojos se regocijarán con fe vista y vuestros oídos con la dulce voz del Altísimo. Recobraréis de nuevo la compañía de los amigos que os han precedido y recibiréis uno a uno, con gozo, a todos aquellos que os siguen detrás vuestro hacia el lugar santo. Se os darán vestidos de gloria y majestad, y cuando el Rey de la gloria venga en las nubes al son de trompeta como sobre las alas del viento, vendréis vosotros con Él; y cuando se siente sobre el trono de juicio, os sentaréis a su lado; y cuando pronuncie sentencia sobre los obradores de iniquidad, sean ángeles u hombres, tendréis también voz en ese juicio, porque fueron sus enemigos y los vuestros; y cuando vuelva a la ciudad, volveréis con Él al son de trompeta y estaréis con Él para siempre.[248]

Cuando estaban ya cerca de la puerta, he aquí que una multitud de las huestes celestiales salieron a su encuentro, preguntando:

—¿Quiénes son estos y de dónde han venido?

—Estos -dijeron los Resplandecientes- son hombres que han amado a nuestro Señor cuando estaban en el mundo y que lo han dejado

---

[245] Apocalipsis 2:7; 3:5; 22:5.

[246] Gálatas 6:7,8.

[247] 1ª Juan 3:2.

[248] 1ª Tesalonicenses 4:13-17; Daniel 7:9-10; 1ª Corintios 2:2-3.

todo por su santo nombre. Él nos ha enviado para traerlos aquí, y los hemos acompañado hasta este punto en su deseado viaje, para que entren y contemplen a su Redentor cara a cara con gran gozo.

Entonces las huestes celestiales dieron un grito de júbilo, y dijeron:

–Bienaventurados los que son llamados a la cena del Cordero.[249]

Al oír esto, los músicos del Rey comenzaron a tocar con sus instrumentos dulces melodías, que hacían resonar a los mismos cielos; cantaban con voces de júbilo y tocando sus trompetas saludaban una y mil veces a los que venían del mundo. Unos se pusieron a la derecha, otros a la izquierda, delante y detrás, como para acompañarlos y escoltarlos por las regiones superiores, llenando los espacios con sonidos melodiosos en tonos agudos, de manera que parecía que todo el cielo había salido para recibirlos.

Era la marcha triunfal más hermosa que se pudo ver jamás.

Todo indicaba a Cristiano y a su compañero lo muy bienvenidos que eran a la ciudad, y con cuánta alegría se les recibía en ella. Ya iban a entrar en ella, ya escuchaban el alegre y melodioso tañido de todas las campanas que les daban la venida. ¡Oh, qué pensamientos tan arrebatadores y alegres tenían al mirar el gozo de toda la ciudad, la compañía que iban a tener, y eso para siempre! ¿Qué lengua o pluma serían tan poderosas como para expresarlo?

Llegaron, finalmente, a las puertas de la Ciudad, encima de las cuales vieron grabadas con letras de oro las siguientes palabras:

BIENAVENTURADOS LOS QUE LAVAN SUS ROPAS PARA TENER DERECHO AL ÁRBOL DE LA VIDA Y PARA ENTRAR POR LAS PUERTAS DE LA CIUDAD.[250]

Llamaron con firmeza, y muy pronto aparecieron por encima de la puerta los rostros de los que moraban dentro...

Enoch, Moisés, Elías..., que preguntaron quién llamaba, y escucharon esta respuesta:

«Estos peregrinos han venido de la ciudad de Destrucción por el amor que tienen al Rey de este lugar».

Entonces, los peregrinos, entregaron cada uno el rollo de pergamino que habían recibido al principio de su viaje, los cuales, llevados al Rey, después de haberlos leído e informado que los dueños de los mismos estaban a las puertas, mandó que éstas fueran abiertas de par en par, para que «entrase la gente justa guardadora de verdades».[251]

---

[249] Apocalipsis 19:9.
[250] Apocalipsis 22:14.
[251] Isaías 26:2.

Vi, entonces, como entraban por la puerta y que cuando hubieron entrado fueron transfigurados y recibieron vestiduras que resplandecían como el oro, y les entregaron arpas y coronas, para que con las primeras alabasen, y las segundas les sirviesen como señales de honor; oí también que todas las campanas de la ciudad se echaron a vuelo otra vez, en señal de regocijo, al mismo tiempo que los ministros del Rey decían a los peregrinos: «Entrad en el gozo de vuestro Señor».[252] Con cuanta efusión y gozo respondieron ellos entonces: «Al que está sentado en el trono y al Cordero sea la bendición y la honra, y la gloria y el poder para siempre jamás».[253]

Aprovechando el momento en que se abrieron las puertas para dejarles pasar, yo miré hacia dentro tras ellos, y he aquí, la ciudad brillaba como el sol; las calles estaban empedradas de oro, y por ellas se paseaba una muchedumbre que tenían en su cabeza coronas, y en su mano palmas y arpas de oro con que cantar las alabanzas.

Vi también a unos que tenían alas y que cantaban sin cesar: «Santo, santo, santo es el Señor»; y volvieron a cerrar las puertas, y yo, con mucho sentimiento, me quedé fuera, a pesar de que mi deseo y mis ansias eran entrar para gozar de las cosas que había visto.

¡Lástima que mi sueño no terminase aquí, con tan dulces impresiones! Pero cuando se cerraron las puertas de la Ciudad, miré hacia atrás, y vi a Ignorancia que llegaba a la orilla del río; lo pasó pronto y con menos de la mitad de las dificultades que encontraron los otros dos peregrinos. Porque aconteció que encontró en la orilla a un tal Vana-Esperanza, barquero, que le ayudó pasar en su barca. Subió también la montaña para llegar a la puerta; pero nadie había allí que le ayudase o que le hablase una palabra de consuelo y estímulo. Cuando llegó a la puerta, miró el letrero que estaba encima de ella y comenzó a llamar, convencido de que se le daría entrada de inmediato; pero los que se asomaron por encima de la puerta preguntaron de dónde venía y qué era lo que quería. Él contestó: «He comido y bebido en la presencia del Rey, Él ha enseñado en nuestras plazas».[254] Entonces le pidieron su rollo de pergamino para entrarlo y mostrarlo al Rey, pero al mirar en su seno no encontraron nada; no lo tenía. Entonces le dijeron:

—¿No te entregaron ningún pergamino al comienzo de tu viaje? Pero Ignorancia no les contestó palabra.

Comunicado esto al Rey, mandó a los dos Resplandecientes que, atado de pies y manos, lo arrojasen fuera, y vi que lo llevaron por el

---

[252] Mateo 25:23.
[253] Apocalipsis 5:13.
[254] Lucas 13:26.

aire a la puerta que había visto en la falda del collado y allí lo preci-
pitaron.

Esto me sorprendió mucho; pero fue para mí de una enseñanza
muy importante, pues aprendí que hay un camino que conduce al infierno desde la misma puerta del cielo, igual que desde la ciudad de
Destrucción.

En esto, desperté, y vi que todo había sido un sueño.

CONCLUSIÓN

Ya, lector, que mi sueño he referido,
interpretarlo para ti procura,
y explícale a quien puedas su sentido.
Mas muestra en entenderlo tu cordura,
pues te daña si es mal interpretado;
mas si lo entiendes bien, es tu ventura.

Lo exterior de mi sueño, ten cuidado
que no te preocupe en demasía,
como si fuera cosa de tu agrado.
Ni risa, ni furor, ni alegría,
te cause cual a niño o a demente,
mira bien su sustancia y su valía.
Aparta la cortina, y fijamente,
mira lo que se esconde tras mi velo:
Es cosa que te anime y que te aliente.

Al leer este símil, sin recelo,
tira la escoria, toma el oro puro,
y colmado verás así tu anhelo.
El oro está con mineral impuro,
sí; pero nadie arroja la manzana
por tener corazón, es bien seguro.
Si toda mi ficción encuentras vana,
y la das, por inútil, al olvido,
me harás soñar tu necedad mañana,
lamentando el provecho que has perdido.